Arena-Taschenbuch
Band 1473

Willi Fährmann / Alexander Grin

Das feuerrote Segel

Nacherzählt von Willi Fährmann nach
einer wörtlichen Übersetzung aus dem Russischen
von Galina Lichatschowa

Mit Illustrationen
von Frantisek Chochola

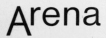

CIP-Kurztitelaufnahme der Deutschen Bibliothek

Grin, Aleksandr:
Das feuerrote Segel / Willi Fährmann; Alexander Grin.
Nacherzählt von Willi Fährmann nach e. wörtl.
Übers. aus d. Russ. von Galina Lichatschowa. –
2. Aufl., 11. – 18. Tsd. – Würzburg: Arena, 1986.
   (Arena-Taschenbuch; Bd. 1473)
   Einheitssacht.: Aly parusa < dt. >
   ISBN 3-401-01473-0
NE: Fährmann, Willi [Bearb.]; GT
Vw: Grinevskij, Aleksandr Stepanovič [Wirkl. Name] →
Grin, Aleksandr

2. Auflage als Arena-Taschenbuch 1986
11. – 18. Tausend
© 1976 by Arena-Verlag Georg Popp, Würzburg
Die Originalausgabe dieses Buches erschien unter dem Titel »Aly Parusa«
zum erstenmal 1923 im Verlag L. D. Frenkel Moskau-Petrograd
Alle Rechte vorbehalten
Umschlaggestaltung und Illustrationen: Frantisek Chochola
Lektorat: Rita Harenski
Gesamtherstellung: Pfälzische Verlagsanstalt, Landau
ISBN 0518-4002
ISBN 3-401-01473-0

Longren war Matrose auf der »Orion«, einer festgebauten Brigg von gut dreihundert Tonnen. Ihr Heimathafen war Reval. Zehn Jahre lang war er auf dem Schiff über die Meere gesegelt und hing mehr daran als mancher Sohn an seiner Mutter. Dennoch ging er eines Tages an Land. Und das kam so.

Nach langer Reise kehrte er wieder einmal nach Hause zurück. Doch seine Frau Nina kam ihm nicht wie sonst atemlos entgegengelaufen. Niemand winkte ihm zu. In seinem Haus fand er die Nachbarin. Sie stand neben einem neuen Kinderbett.

»Drei Monate sorge ich schon für das Kind«, sagte sie, »schau sie dir an, deine Tochter.«

Steif beugte sich Longren zu dem kleinen Mädchen hinunter. Sein langer Bart reichte bis zu der Bettdecke. Schließlich sank er niedergeschlagen auf einen Stuhl und begann die Spitzen seines Schnurrbartes zu zwirbeln. Der Bart war naß vom Regen.

»Wann ist Nina gestorben?« fragte er.

Die Frau erzählte ihm die traurige Geschichte, spielte dabei mit dem Kind und flocht immer wieder ein, daß Nina ganz sicher im Paradiese sei. Longren erfuhr jede Einzelheit, und er stellte sich vor, wie schön es gewesen wäre, wenn er jetzt mit seiner Frau und dem Kind im Schein der Lampe sitzen könnte.

Vor einem Vierteljahr war es Nina sehr schlecht ergangen. Das Geld, das Longren zurückgelassen hatte, war ausgegeben; zur Hälfte hatte es der Arzt bekommen, der Rest reichte kaum für die Kosten, die das Neugeborene mit sich brachte. Nina wollte das, was sie für das Leben bis zur Rückkehr Longrens brauchte, bei Menners leihen. Menners war der Gastwirt im Ort. Alle wußten, daß er wohlhabend war.

Gegen sechs Uhr am Abend ging Nina zu ihm. Eine Stunde später begegnete ihr eine Frau aus dem Dorf, die aus der Stadt kam. Nina hatte verweinte Augen. Sie war niedergeschlagen, und sie erzählte, daß sie nach Liss wolle, um dort ihren goldenen Ehering zu versetzen. Menners habe ihr zwar das nötige Geld vorstrecken wollen, aber er habe verlangt, daß sie ihm dafür ihre Liebe gebe. Nicht einen Pfennig habe sie schließlich bekommen.

»Wir haben keinen Bissen mehr«, sagte Nina zu der Frau. »Ich laufe in die Stadt. Mit dem Geld für den Ring können mein Kind und ich zur Not durchkommen.«

An diesem Abend war es kalt, und es wehte ein scharfer Wind von der Ostsee her. Vergeblich versuchte die Frau, Nina von ihrem Plan abzuhalten.

»Es regnet bald, Nina, der Wind ist kalt, du wirst bis auf die Haut naß.«

Wenn man vom Dorf zu Fuß in die Stadt will, muß man wenigstens drei Stunden Wegzeit rechnen, selbst wenn man schnell geht. Doch Nina hörte nicht auf die Worte der Frau.

»Ich kann euch nicht länger zur Last fallen«, sagte sie. »Es gibt schon fast keine Familie mehr im Dorf, bei der ich nicht Brot, Tee oder Mehl geborgt hätte. Ich verpfände den Ring.«

Sie lief in die Stadt, kehrte auch zurück, hatte aber am nächsten Morgen so hohes Fieber, daß sie nicht mehr aufstehen konnte. Die Nachbarin rief den Arzt aus der

Stadt, der stellte eine doppelseitige Lungenentzündung fest. Nach einer Woche war Longrens Doppelbett leer. Die Nachbarin kam ins Haus und sorgte für das Kind. Das fiel ihr nicht schwer, denn sie war eine alleinstehende Witwe. »Außerdem vertrieb mir das Kleine die Langeweile«, schloß sie ihren Bericht.

Longren fuhr in die Stadt. Er gab seine Arbeit als Matrose auf und verabschiedete sich von seinen Kameraden. Er wollte bei der kleinen Assol bleiben. Solange das Mädchen das Laufen noch nicht gelernt hatte, wohnte die Witwe bei dem Matrosen. Schließlich aber stand Assol recht sicher auf den Beinen, und als sie eines Tages sogar die Treppe emporkletterte, erklärte Longren entschieden, er werde sich nun allein um das Mädchen kümmern.

Er dankte der Frau für ihre Hilfe und führte fortan ein zurückgezogenes Leben. All seine Gedanken, Hoffnungen und Erinnerungen drehten sich um die kleine Assol. Zehn Jahre Seefahrt auf allen Weltmeeren hatten ihm nicht viel Geld eingebracht. So begann er nun auf eigenartige Weise, seinen Lebensunterhalt zu verdienen: In den Läden der Stadt bot er Spielzeug an, das er selbst gefertigt hatte. Es waren kunstvoll gebaute kleine Modelle von Booten, Kuttern, Eindeck- und Zweideckseglern, Kreuzern und Gaffelschonern. Longren liebte seine Arbeit, weil sie ihn an das Treiben des bunten Hafenlebens und an seine weiten Seereisen erinnerte. Auf diese Weise verdiente er so viel Geld, daß er sich keine Sorgen mehr zu machen brauchte.

Er war immer schon ein Einzelgänger gewesen. Nach dem Tode seiner Frau wurde er verschlossen und menschenscheu. An hohen Feiertagen sah man ihn manchmal im Wirtshaus, aber er setzte sich nicht einmal hin. Er trank sein Glas Wodka im Stehen. Wurde er von den Gästen angeredet, so antwortete er kurz mit »ja«, »nein«, »guten Tag«, »auf Wiedersehen«, »es geht so«.

Manchmal bekam Longren Besuch. Den warf er zwar nicht gerade hinaus, ließ ihn aber deutlich spüren, daß er keine Zeit habe. Schließlich blieb dem Besucher nichts anderes übrig, als wieder zu gehen. Longren selbst machte keine Besuche. So wurde er allmählich den Dorfbewohnern fremd. Seine Lebensmittel und alle anderen Waren kaufte er in der Stadt. Menners, der auch einen Laden im Dorf hatte, sagte: »Nicht einmal ein Streichholz kauft er bei mir.«

Longren versorgte das Haus und beschäftigte sich mit der Erziehung des kleinen Mädchens. Assol wurde fünf Jahre alt, und der Vater hatte seine Freude an dem Kind. Er lachte, wenn sie auf seinem Schoß saß und das Geheimnis der vielen Knöpfe an seiner Weste entdecken wollte. Oft sang er ihr lustige Matrosenlieder vor, richtige Brüll-Lieder waren das, und Assol sang die rauhen Lieder mit ihrer Kinderstimme nach. Das klang besonders komisch, weil sie den Buchstaben »r« noch nicht richtig sprechen konnte. Manchmal hüpfte der Vater dazu, und er kam ihr vor wie ein tanzender Bär, der mit einem hellblauen Band geschmückt war.

In diese Zeit fiel eine düstere Begebenheit, deren Schatten auf den Vater fiel und von dem auch die Tochter nicht verschont blieb.

Es wurde Frühling, früh kam er und stürmisch. Drei Wochen lang blies ein schroffer Nordwind. Die Fischerboote wurden weit ans Ufer gezogen. Sie bildeten auf dem weißen Sand eine lange Reihe dunkler Kiele, die aussahen wie die Rücken großer Fische. Niemand wagte bei dem Wetter in See zu stechen. Die Dorfstraße war leergefegt von Menschen, kaum einer verließ das Haus. Der kalte Sturmwind, der von den Uferhügeln her aufs Meer wehte, machte den Aufenthalt im Freien nicht gerade zu einem Vergnügen. Die Schornsteine von Kaperna rauchten von früh bis spät, und der Qualm wurde dicht über die steilen Dächer getrieben.

Solche Nordwindtage lockten Longren häufiger aus seinem warmen Haus heraus als die Sonne, wenn sie bei klarem Wetter ihre goldenen Tücher über Kaperna breitete. Longrens Ziel war eine lange Pfahlbrücke. Ganz am Ende dieser Brettermole blieb er stehen, rauchte seine Pfeife und schaute zu, wie der Wind die Glut entfachte. Er blickte auf den weißgrauen Schaum der herandonnernden Wogen, die sich am Horizont allmählich verliefen; und das weite Meer kam ihm vor wie eine riesige Herde phantastischer Mähnenwesen, die in einer zügellosen, wütenden Verzweiflung vorbeirasten.

Das Toben und Tosen des wilden Wassers, der scharfe Wind, der über die Ufer jagte, das alles vermochte Longrens Kummer und seine dumpfe Trauer für eine Weile zu verjagen.

An einem solchen Tag bemerkte Menners' zwölfjähriger Sohn, daß das Boot seines Vaters ständig gegen einen Pfahl der Mohle schlug. Er lief nach Hause und erzählte es seinem Vater. Sturm zog herauf. Menners hatte vergessen, das Boot hoch genug an den Strand zu bringen. Er eilte zum Ufer. Am Ende der Mole stand Longren und rauchte. Niemand außer den beiden war weit und breit zu sehen.

Menners sprang ins Boot, das in der Mitte der Mole

vertäut war. Er löste den Strick und zog sich vorsichtig von Pfahl zu Pfahl dem Ufer zu. Plötzlich glitt er aus, taumelte und verfehlte den nächsten Balken. Der Wind und die Wellen trieben das Boot ins Meer.

Menners erkannte seine Lage und wollte sich ins Wasser stürzen, um ans Ufer zu schwimmen. Aber dafür war es zu spät. Das Boot begann sich nicht weit vom Ende der Mole, wo das Wasser einen Wirbel bildete, zu drehen; die Flut hätte jeden Schwimmer in die Tiefe gezogen.

Kaum zehn Schritte trennten das abgetriebene Boot von Longren.

Die Rettung war möglich, denn auf der Brücke, nahe Longrens Arm, hing ein Tau mit einem eingeflochtenen Rettungsring.

»Longren«, rief Menners, halb tot vor Angst, »warum stehst du da wie ein Klotz; ich werde hinausgetrieben, siehst du das nicht? Wirf das Tau!«

Longren schwieg und sah starr auf den schreienden und winkenden Menners. Nur seine Pfeife qualmte stärker. Schließlich nahm er sie aus dem Mund und schaute unbeweglich dem zu, was auf dem Meer vor sich ging.

»Longren«, rief Menners, »du hörst mich doch. Ich komme um, rette mich!«

Aber Longren sprach kein einziges Wort. Es schien, als hörte er das verzweifelte Schreien gar nicht. Das Boot trieb weiter und weiter hinaus, und endlich waren Menners' Schreie kaum noch zu hören.

Longren bewegte sich nicht einmal. Menners' Stimme war schrill vor Schreck. Er flehte den Matrosen an, andere Fischer zu holen. Er versprach Geld, drohte und fluchte, aber Longren beugte sich nur über den Rand

der Mole, damit er das in den Wellen tanzende Boot nicht aus den Augen verliere.

»Longren«, schallte es dumpf, und es hörte sich an, als säße Longren im Haus und Menners draußen auf dem Dach, »rette mich!«

Longren holte tief Luft und schrie in den Wind: »Sie hat dich um Geld gebeten, denk daran, solange du noch lebst, Menners, und vergiß es nicht!«

Menners' Schreie verstummten, Longren ging heim.

Assol wachte auf und sah den Vater tief in Gedanken vor der glimmenden Lampe sitzen. Sie rief ihn. Er stand auf, ging zu ihrem Bett, küßte sie und deckte sie fest zu.

»Schlaf, meine Liebe, es ist noch lang bis zum Morgen.«

»Was machst du, Vater?«

»Ein schwarzes Spielzeug habe ich gemacht, Assol, schlaf jetzt.«

Am nächsten Tag redeten die Einwohner Kapernas über nichts anderes als über den verschwundenen Menners. Sechs Tage später sprach er selbst, böse und dem Tode nahe. Sein Bericht verbreitete sich in Windeseile.

Der Sturm hatte Menners' Boot hin und her geschlagen, die wütenden Wellen drohten den Kahn zum Kentern zu bringen. Erschöpft und halb verrückt vor Todesangst, war Menners schließlich von dem Schiff »Lukrezia«, das nach Kasset segelte, aufgefischt worden.

Doch die Kälte und die schrecklichen Strapazen waren zuviel gewesen für Menners. Er lebte noch zwei Tage. Alle Flüche und Verwünschungen, die ein Mensch nur denken kann, stieß er gegen Longren aus. Vom Tode gezeichnet und mühsam atmend, berichtete er, wie der Matrose ihm jede Hilfe versagte und seinen Untergang neugierig verfolgt habe.

Die Bewohner Kapernas waren entsetzt. Zwar erinnerten sie sich schwach daran, was Menners Longrens Frau angetan hatte, dennoch fanden sie seine Tat abscheulich.

Longren schwieg zu allem. Er blieb auch ruhig, als Menners seine letzten Flüche ausstieß. Unbeweglich stand er, streng und still wie ein Richter, und schien nur Verachtung für den Sterbenden zu haben: Verachtung, die mehr war als Haß, Verachtung, die sich in Schweigen ausdrückte. Alle spürten es.

Hätte er wild geschrien, hätte er herumgefuchtelt, sich gefreut oder triumphiert wegen der gelungenen Rache an Menners, vielleicht hätten ihn die Fischer verstanden. Aber er war anders. Hochmütig schien er sich über sie zu erheben, und das verziehen sie ihm nie. Niemand grüßte ihn mehr, niemand reichte ihm die Hand. Ihre Blicke wichen den seinen aus. Er wurde ein Fremder. Was im Dorf geschah, schien ihn nicht mehr zu berühren.

Die Jungen schrien ihm nach: »Longren hat Menners ersäuft!« Er achtete nicht darauf. Er merkte nicht einmal, daß die Fischer im Gasthaus oder am Ufer oder bei der Arbeit an den Booten verstummten, wenn er sich näherte. Sie gingen ihm aus dem Weg. Sehr vertraut war er ihnen auch früher nicht gewesen. Jetzt kannten sie ihn nicht mehr, ja, sie haßten ihn.

Ein Funken dieses Hasses fiel auch auf Assol. Das Mädchen wuchs ohne Freundinnen auf. Die zwei, drei Dutzend Kinder ihres Alters, die in Kaperna lebten, hörten allerlei Geschichten über Longren und Assol.

Schließlich wurde ihnen verboten, mit Assol zu spielen.

Der Klatsch und das Geschwätz bewirkten, daß sie am Ende gar Angst vor Longren hatten und einen großen Bogen um sein Haus machten.

Zu all dem schwieg Longren. Die Klatschbasen am Ort erfanden immer neue Geschichten über ihn. Sie erzählten sich, daß er irgendwann jemand getötet habe. Es sei ihm deshalb nicht mehr erlaubt, auf einem Schiff zu arbeiten. Jeder könne sehen, wie menschenscheu, wie schwermütig er sei und daß ihn sein Gewissen quäle.

Wenn Assol sich den Kindern näherte, um mit ihnen zu spielen, bewarfen sie das Mädchen mit Straßendreck und schrien ihr zu, ihr Vater habe Menschenfleisch gegessen und sei ein Falschmünzer. Assols schüchterne Versuche, ein Kind unter Kindern zu sein, endeten stets mit bitteren Tränen, mit blauen Flecken, Kratzwunden und Beschimpfungen.

Schließlich gewöhnte sie sich an die Beleidigungen. Doch immer wieder fragte sie den Vater: »Sag, Vater, warum liebt man uns nicht?«

»Ach Assol«, antwortete Longren, »sie können nicht lieben. Man muß lieben können, und sie können es eben nicht.«

»Was ist das, ›lieben können‹?« fragte sie.

»Das ist so«, sagte er, nahm das Mädchen auf den Arm und küßte es. Und Assol kniff vor Vergnügen die Augen zusammen.

Gelegentlich schob der Vater den Klebstoff, die kleinen Werkzeuge und die halbfertige Arbeit beiseite, band die Schürze ab, steckte die Pfeife zwischen die Zähne und machte eine Pause. Assol hüpfte dann auf seinen Schoß und schmiegte sich in seine Arme, berührte die verschiedenen Spielzeugmodelle und fragte nach ihrem Zweck.

Dann begann Longren eigenartige, phantastische Geschichten zu erzählen, in denen sein früheres Leben eine große Rolle spielte. Er nannte dem Mädchen die Namen der Fischereigeräte, der Segel, der verschiedensten Gegenstände auf dem Schiff, und bald geriet er in Begeisterung, berichtete von geheimnisvollen Schiffen, von Steuerrädern, die sich ohne Menschenhand drehten, von Segeln, die sich selbst bei Windstille blähten.

Wirklichkeit und Aberglauben, Phantasie und tatsächlich Begebenheiten flocht er zusammen zu herrlichen Geschichten. Da erschien die gelbe Tigerkatze, das sichere Zeichen für einen Schiffbruch. Der sprechende Fisch tauchte empor, auf dessen Befehl die Seeleute hörten, wenn sie nicht auf falschen Kurs geraten wollten. Der Fliegende Holländer mit seiner ungestümen Besatzung jagte über das Meer, Gespenster, Loreleien, Seeräuber: all jene Fabeln, mit denen sich die Matrosen an Bord die Zeit vertrieben, wurden lebendig.

In Longrens Geschichten kamen auch Schiffbrüchige vor, verwilderte Menschen, die ihre Sprache verloren hatten. Er kannte Inseln mit geheimnisvollen Schätzen, erzählte von Meutereien und Piraterie. Er wußte von Kolumbus zu berichten, der neues Land entdeckt hatte. Immer wenn er verstummte, bat Assol schlaftrunken: »Vater, sprich weiter« und schlief endlich auf seinem Schoß ein, ganz erfüllt von wunderbaren Träumen.

Assol freute sich immer besonders, wenn der Gehilfe aus dem Laden in der Stadt, in dem Longrens Spielzeug verkauft wurde, zu ihnen herauskam. Der Junge wußte, wie man mit Longren einen niedrigen Preis aushandeln konnte. Jedesmal brachte er dem Mädchen ein paar Äpfel, eine süße Pastete oder eine Handvoll Nüsse mit.

Longren war das lange Handeln zuwider. Er nannte einen angemessenen Preis, aber der Gehilfe wollte nicht soviel bezahlen.

»Ich habe eine Woche lang an diesem Boot gearbeitet«, sagte Longren, »schau, wie gut und fest es gemacht ist.«

Aber dann, wenn sein Blick auf die Tochter fiel, die mit dem Apfel spielte oder Nüsse knabberte, beharrte er am Ende doch nicht mehr auf seinem Preis. Und der Ladengehilfe ging mit einem vollen Korb schönen Spielzeugs zufrieden davon.

Die Arbeit im Haus machte Longren allein. Er hackte Holz, schöpfte Wasser, feuerte den Ofen, kochte, wusch und bügelte die Wäsche und fand dennoch Zeit, sein Geld mit dem Spielzeug zu verdienen.

Als Assol acht Jahre alt geworden war, begann der Vater, ihr Lesen und Schreiben beizubringen. Er nahm sie häufiger mit in die Stadt, und gelegentlich schickte er sie allein dorthin, um vom Laden Geld abzuholen oder einige Schiffe dorthin zu bringen.

Das geschah nicht oft, denn der Weg von Kaperna nach Liss war weit. Und der Wald, der zwischen den Orten lag, machte dem Kind Angst. Deshalb schickte Longren das Mädchen nur an heiteren Vormittagen in die Stadt, wenn das Waldesdickicht von der hellen Sonne durchdrungen wurde.

Einmal, auf dem halben Weg in die Stadt, setzte sich Assol an den Wegrand, um ein Stück Brot zum Frühstück zu essen, das sie in ihrem Korb mitgenommen hatte. Sie schaute sich das Spielzeug an. Zwei oder drei

Modelle waren neu für sie, denn Longren arbeitete meist in der Nacht.

Eines der Schiffe war eine weiße Jacht mit feuerroten Segeln. Die Segel waren aus seidenen Flicken genäht. Gewöhnlich polsterte Longren mit diesem Stoff nur die Kajüten der teuersten Modelle aus. Aber er hatte wohl kein passendes Tuch für die Segel der Jacht gefunden und nahm das, was ihm gerade in die Hände fiel, eben die Flicken aus feuerroter Seide.

Der Weg kreuzte einen Bach. Eine Brücke aus dünnen Baumstämmen führte darüber. Der Bach kam aus dem Wald und verschwand wieder im Dunkel zwischen den Stämmen.

Assol wollte mit dem neuen Schiff ein wenig spielen. Ich setze es ins Wasser, dachte sie, später werde ich es wieder trockenwischen.

Sie ging hinter der Brücke vom Weg ab in den Wald zum Bach hinunter. Ganz nahe am Ufer ließ sie das Schiff schwimmen. Im klaren Wasser blitzte der Widerschein des feuerroten Segels auf. Das Sonnenlicht durchdrang den Stoff und warf zitternde rosa Strahlen auf die weißen Steine am Grund des Baches.

»Woher kommst du, Kapitän?« fragte Assol und antwortete sich selbst: »Ich bin gekommen aus China.«

»Und was hast du mitgebracht?«

»Was ich mitgebracht habe? Darüber sage ich nichts.«

»Wenn das so ist, Kapitän, dann lege ich dich zurück in den Korb.«

Der Kapitän wollte erwidern, daß er nur Spaß gemacht habe und bereit sei, einen Elefanten vorzuzeigen, aber er verstummte; denn die Strömung trieb die Jacht in die Mitte des Baches, und wie ein richtiges Schiff schwamm sie in voller Fahrt den Strom hinunter.

Der Bach erschien dem Mädchen jetzt breit und wie ein gewaltiger Fluß und die Jacht darauf wie ein großes, weit entferntes Schiff.

Assol erschrak, wollte das Schiff fassen. Sie griff danach und wäre beinahe ins Wasser gefallen.

Der Kapitän bekommt Angst, dachte sie und lief dem Spielzeugschiff nach. Sie hoffte, daß es irgendwo ans Ufer gespült werde. Sie beeilte sich, aber der Korb, den sie mitschleppte, verfing sich in den Ästen.

»Hilf mir, lieber Gott«, rief sie. Sie wollte das schöne feuerrote Segel nicht aus dem Auge verlieren, stolperte, fiel zu Boden, rappelte sich auf und lief weiter. Noch nie war Assol so tief in den Wald gekommen. Sie dachte nur an das Spielzeugschiff und schaute nicht links und nicht rechts. Sie lief das Ufer entlang, hinweg über alle Hindernisse. Da lagen moosige Stämme gefallener Bäume. Baumstümpfe, hohes Farnkraut, Heckenrosen, Jasmin und Nußsträucher versperrten ihr den Weg. Sie achtete nicht darauf. Aber allmählich verließen sie die Kräfte, und sie mußte immer häufiger stehenbleiben, um Atem zu holen oder klebrige Spinnweben von ihrem Gesicht zu wischen.

Der Bach wurde breiter. Ried und Röhricht wuchsen an seinen Ufern. Von Zeit zu Zeit verlor Assol das Segel aus den Augen. Aber wenn nach einer Krümmung der Bach eine größere Strecke zu überschauen war, sah sie das Schiff ruhig und unentwegt auf dem Wasser fortgleiten. Sie rannte aus Leibeskräften. Schon beinahe eine Stunde lang dauerte die Verfolgung. Da endlich wichen die Bäume zurück, und vor ihr lag das weite Meer.

Hier war die Mündung des Baches. Breit und seicht floß er dahin, so daß sie die blauen Steine auf seinem

Grund sehen konnte. Schließlich verschwand er in der Meereswelle, die ihm entgegenschlug.

Am flachen Ufer bemerkte Assol einen Mann. Er saß mit dem Rücken gegen einen schmalen, hohen Stein gelehnt. In der Hand hielt er die Jacht mit dem feuerroten Segel und betrachtete sie neugierig von allen Seiten.

Assol atmete auf, als sie das Schiff unbeschädigt in seiner Hand sah. Sie lief den Abhang hinunter und trat auf den Fremden zu; der aber war so in die Betrachtung des Schiffes versunken, daß er nicht einmal den Kopf hob. In aller Ruhe konnte sie ihn vom Kopf bis zu den Füßen anschauen.

Noch nie war ihr ein Mensch unter die Augen gekommen, der ähnlich ausgesehen hätte. Vor ihr saß ein wandernder Lieder- und Märchensammler. Seine grauen Haare schauten unter dem Strohhut hervor. In der silbernen Bluse, der blauen Hose und den hohen Stiefeln glich er einem Jäger. Der weiße Kragen jedoch, die Krawatte, der mit Silber beschlagene Gürtel, der Spazierstock und die elegante Tasche mit dem neuen Schloß ließen eher einen Mann aus der Stadt vermuten.

Sein Gesicht, wenn man das, was aus dem wild ausgewucherten Strahlenbart und dem üppigen, nach oben gebogenen Schnurrbart hervorschaute, ein Gesicht nennen konnte, dies Gesicht schien schlaff und durchsichtig. Nur die Augen darin glänzten grau wie reiner Stahl.

»Gib mir das Schiff zurück«, sagte das Mädchen schüchtern. »Du hast genug damit gespielt. Wie hast du es eingefangen?«

Der Liedersammler hob den Kopf. Fast hätte er die

Jacht fallen lassen, so unvermutet tönte Assols Stimme in dieser Einsamkeit. Minutenlang betrachtete der Alte sie lächelnd und kämmte mit seiner schmalen Hand den Bart.

Das verwaschene Kattunkleid verdeckte kaum Assols magere, sonnenverbrannte Knie. Das schwarze, dichte Haar hatte sie mit einem Kopftuch zusammengebunden. Ihr weiches ovales Gesicht war von der wilden Jagd gerötet. Mit ihren dunklen Augen und dem halbgeöffneten Mund erschien sie ihm wie die Gestalt aus einem seiner Märchen.

»Ich schwöre bei den Gebrüdern Grimm, Äsop und Andersen, so etwas ist mir noch nicht vorgekommen.« Er schaute bald auf das Mädchen, bald auf die Jacht.

»Hör mal, Prinzessin, ist das dein Schiff?«

»Ja. Ich bin ihm den ganzen Bach entlang nachgelaufen. Ich dachte schon, die Jacht sei mir entwischt. Wie hast du sie gefunden?«

»Sie landete zu meinen Füßen. Ein Schiffbruch, würde ich sagen. Die Besatzung hat das Schiff verlassen, und mit einer hohen Welle ist es in den Sand geworfen worden, genau zwischen meine Ferse und meinen Stock.« Er schlug mit dem Spazierstock in den Sand.

»Wie heißt du, Prinzessin?«

»Assol«, erwiderte das Mädchen.

Der Liedersammler reichte ihr das Spielzeug, und sie legte es in den Korb.

»Klingt gut«, sagte der Alte, schaute sie an und lächelte.

»Diesen Namen habe ich noch nie gehört. Er klingt nach Musik oder nach dem Pfiff eines Pfeiles oder nach dem Rauschen einer Muschel. Es wäre schade, wenn du einen dieser bekannten, gewöhnlichen

Namen hättest. Ich will gar nicht wissen, wer du bist, wer deine Eltern sind und wo du wohnst. Warum soll ich den Zauber stören? Ich dachte gerade über ein finnisches Märchen nach, da schüttete der Bach plötzlich diese Jacht vor mir aus. Und nun erscheinst du.

Ich liebe Märchen, alte Lieder und Legenden.« Er schwieg eine Weile und fuhr dann fort: »Was hast du da bei dir?«

»Kleine Boote«, antwortete Assol und reichte ihm den Korb hinüber. »Und dann noch einen Dampfer und drei Häuschen mit Flaggen. Darin wohnen die Matrosen.«

»Das ist gut. Ich ahne schon, wie alles gekommen ist. Du sollst sie verkaufen. Unterwegs hast du damit gespielt, hast die Jacht schwimmen lassen, und sie ist dir fortgesegelt. Stimmt das?«

»Hast du das alles gesehen?« fragte Assol und versuchte sich zu erinnern, ob sie es selbst schon erzählt hatte.

»Oder hast du es erraten?«

»Ich habe es gewußt.«

»Wieso hast du es gewußt?«

»Weil ich ein großer Zauberer bin.«

Assol wurde es heiß, doch ihre Neugierde überwog den Schrecken. Das menschenleere Meeresufer, die große Stille, das Abenteuer mit der entflohenen Jacht, die absonderlichen Reden des Alten mit den glänzenden Augen, der riesige Bart, das lange graue Haar, all das erschien dem Mädchen wie eine Mischung aus Märchen und Wirklichkeit.

Wenn der Liedersammler jetzt ein böses Gesicht schnitte oder sie anschrie, sie würde weinend weglaufen, von Angst gejagt.

Der Liedersammler bemerkte den Schrecken in den Augen des Mädchens.

»Du brauchst keine Angst vor mir zu haben«, sagte er ruhig. »Im Gegenteil, ich möchte dir etwas anvertrauen.«

Der Ausdruck, den er auf dem Gesicht des Mädchens bemerkte, rührte ihn. Es war, als ob sie etwas überaus Schönes und Sonderbares von ihm erwarte.

Ach, warum bin ich kein Dichter, dachte er. Das müßte man beschreiben können.

Aber er wollte wenigstens den Samen für eine Geschichte auswerfen. »Hör zu, Assol«, sagte er, »hör mir aufmerksam zu. Ich war auch in dem Dorf, aus dem du kommst. Es heißt Kaperna, nicht wahr? Den ganzen Tag über bin ich bei euch gewesen und hoffte, ein neues Märchen, ein neues Lied zu hören. Aber bei euch gibt es keine schönen Lieder. Man hört nur Geschichten über verschlagene Bauern und wüste Soldaten. Der größte Betrüger wird in Liedern gelobt, und das in Versen, so rauh wie schmutzige, ungewaschene Füße. Und dann die schrecklichen Melodien! Doch halt, ich verliere den Faden. Ich will von vorn beginnen.«

Nach einer Weile fuhr er fort: »Ich weiß nicht, wie lange es dauern wird, vielleicht viele Jahre. Aber eines Tages wird in Kaperna ein neues Märchen aufblühen. Du wirst dann groß sein, Assol. Einmal wird in der Weite des Meeres ein feuerrotes Segel in der Morgensonne aufglänzen, ein riesiges, feuerrotes Segel. Ein weißes Schiff wird die Wellen zerschneiden und geradewegs auf Kaperna zusegeln. Viele Menschen werden sich am Ufer versammeln und staunen und Jubelschreie ausstoßen. Auch du wirst dort stehen. Das

Schiff wird sich wie ein Königsschiff dem Ufer nähern, und die Klänge einer schönen Musik werden an euer Ohr dringen.

Ein schnelles, goldenes Boot, mit Teppichen ausgelegt und mit Blumen geschmückt, wird zu Wasser gelassen und ans Ufer gerudert.

›Wen sucht ihr? Wozu seid ihr hergekommen?‹ werden die Leute fragen. Ein Prinz springt dann ans Ufer. Er wird dastehen und wird dir seine Hände entgegenstrecken.

›Guten Tag, Assol‹, wird er sagen. ›Sehr, sehr weit von hier entfernt hatte ich einen Traum. Dich habe ich in dem Traum gesehen, und ich bin gekommen, dich für immer in mein Reich zu holen. Du wirst dort in einem schönen weiten Tal leben. Alles, was du dir wünschst, kannst du bekommen. Wir werden so fröhlich und lustig sein, daß du Tränen und Trauer vergißt.‹

Dann wird der Prinz dich in sein Boot setzen und auf das Schiff bringen, und du wirst für immer in das schöne Land fahren, dorthin, wo die Sonne aufgeht und wo dir die Sterne des Himmels zuwinken werden, um dich bei deiner Ankunft zu begrüßen.«

»Das alles soll für mich sein?« fragte das Mädchen leise. Die Angst verflog aus ihren Augen. Ein gefährlicher Zauberer würde ganz anders sprechen. Sie trat näher zu ihm heran. »Vielleicht ist es schon gekommen, dieses Schiff?«

»Nicht so bald«, antwortete der Liedersammler. »Zuerst mußt du groß werden, dann – aber was soll ich dir sagen. Es wird alles so kommen, wie ich erzählt habe. Schluß damit. Was wirst du dann tun?«

Assol schaute in den Korb, ihr fiel nichts Rechtes ein. »Ich würde ihn lieben«, sagte sie schließlich leise und fügte etwas bestimmter hinzu: »Aber nur, wenn er mich nicht schlägt.«

»Aber nein, er wird dich doch nicht schlagen«, sagte der Zauberer, »das verspreche ich dir. Geh jetzt, Mädchen, und vergiß nicht, was der große Zauberer dir zwischen zwei Schlucken Kräuterwodka und dem Ärger über eure schlechten Lieder erzählt hat.«

Longren arbeitete in seinem kleinen Gemüsegarten und grub gerade ein paar Kartoffeln aus. Er hob den Kopf, als er Assol heranstürmen hörte. Ihr Gesicht war erhitzt und fröhlich.

»Hör zu«, sagte sie und versuchte, den schnellen Atem zu beherrschen. »Hör zu, was ich dir erzählen muß: Am Ufer des Meeres, dort, wo der Bach mündet, sitzt ein Zauberer.«

Longren hörte die verworrene Geschichte von der Wahrsagung, von der entflohenen Jacht und von dem seltsamen Aussehen des Mannes an der Bachmündung. Er hörte dem Mädchen zu und unterbrach sie nicht. Als sie geendet hatte, konnte er sich den unbekannten Mann mit dem Kräuterwodka in der einen Hand und dem Spielzeug in der anderen gut vorstellen.

Schon wollte er sich abwenden und lachen, aber da fiel ihm ein, daß Assol die Geschichte sehr ernst nehmen könnte, und er nickte bedächtig und sagte: »Ja, ja, wie du das so erzählst, kann das tatsächlich niemand anders als der große Zauberer gewesen sein. Ich möchte ihm auch einmal begegnen. Aber versuche nicht, wieder dorthin zu gehen. Man kann sich im Wald leicht verirren.«

Er legte den Spaten zur Seite, setzte sich auf ein niedriges Reisigbündel und zog Assol auf seinen Schoß. Sie wollte ihm noch weitere Einzelheiten erzählen, aber die Hitze und die Aufregung hatten sie müde gemacht. Die Augen fielen ihr zu, und ihr Kopf senkte sich auf die Schulter des Vaters. Sie glitt hinüber in das Reich der Träume. Doch noch einmal, plötzlich beunruhigt durch einen jähen Zweifel, richtete sie sich auf, stemmte sich mit den kleinen Fäusten von Longrens Brust ab und sagte: »Was meinst du, wird der Prinz mit dem Schiff mich abholen? Glaubst du das wirklich?«

»Er wird bestimmt kommen«, sagte Longren ruhig. »Wenn der Zauberer dir das gesagt hat, dann stimmt es auch.« Und er dachte: Wenn du erst groß bist, wirst du alles vergessen haben. Vorläufig will ich dir den Traum nicht nehmen. Ein feuerrotes Segel wird vielleicht nicht kommen, aber sicher schmutzige und räuberische, zerrissene und freche Matrosen. Der Liedersammler machte einen Spaß mit meinem Kind. Aber es war ein guter Spaß. Du bist müde geworden, den ganzen Morgen hast du im Wald verbracht. Was das feuerrote Segel betrifft, ich wünschte, es würde für dich eines kommen.

Assol schlief lange.

Longren holte vorsichtig mit der freien Hand seine Pfeife aus der Tasche und rauchte.

Der Tabakqualm zog durch den Zaun und den Strauch, der am Rande seines Gemüsegartens wuchs. Im Schatten des Strauches, mit dem Rücken zum Zaun, saß ein Betteljunge und kaute auf einem Stück Brot. Er hatte das Gespräch des Vaters mit dem Mädchen belauscht und lachte in sich hinein. Der Duft des guten Tabaks drang ihm in die Nase.

»Laß einen armen Menschen auch von deinem Tabak

rauchen«, sagte er. »Mein Knaster ist im Vergleich zu deinem Tabak das reinste Gift.«

»Ich würde dir gern etwas geben«, erwiderte Longren halblaut, »aber mein Tabak liegt in der Tasche, wie du siehst, und ich will meine Tochter nicht wecken.«

»Keine Sorge, sie wird aufwachen und wieder einschlafen, und ich kann eine gute Pfeife gebrauchen«, sagte der Betteljunge.

»Nein«, wehrte Longren ab, »du hast selbst Tabak, das Kind ist müde. Komm später wieder, wenn du willst.«

Der Junge spuckte ärgerlich aus, hängte seinen Bettelsack an den Stock und spottete: »Ist eine Prinzessin, klar, die darf man nicht wecken. Da hast du ihr ein schönes Schiff in den Kopf gesetzt. Du bist mir vielleicht ein alter Spinner.«

»Hör mal«, flüsterte Longren, »ich werde sie gleich wecken; aber nur, um dir deinen dummen Kopf zu waschen. Mach, daß du fortkommst.«

Eine halbe Stunde später saß der Bettler im Gasthaus und bei ihm ein Dutzend Fischer. Hinter den Fischern saßen die kräftigen Frauen mit den dichten, zusammengewachsenen Augenbrauen und den harten, runden Händen. Sie zupften ihre Ehemänner am Ärmel oder nahmen ihnen über die Schulter das Wodkaglas weg und tranken. Immer noch wütend, erzählte der Bettler: »Er hat mir keinen Krümel Tabak gegeben, und zu seiner Tochter hat er gesagt: ›Du wirst groß sein, und dann holt dich ein Schiff mit feuerroten Segeln‹, sagte er. ›Und ein Prinz wird kommen‹, sagte er, ›und dich heiraten. Das kannst du dem Zauberer glauben.‹ Das hat er wirklich gesagt. Ich rief ihm zu: ›Weck sie, weck sie, gib mir ein bißchen Tabak!‹ Da ist er den halben Weg hinter mir hergerannt.«

»Wer hat das gesagt? Was hat er gesagt? Worüber hat er gesprochen?« waren die neugierigen Stimmen der Frauen zu hören.

Die Fischer erklärten es ihnen voller Spott. Sie drehten kaum den Kopf. »Longren und seine Tochter sind verrückt geworden«, erklärten sie. »Sie sind nicht bei Sinnen. Was erzählt dieser Mensch hier? Ein Zauberer sei bei ihnen gewesen. Das muß man gehört haben. Sie erwarten einen Prinzen von jenseits des Meeres, und sein Schiff soll feuerrote Segel haben.«

Drei Tage später war Assol auf dem Heimweg; sie kam aus dem Laden in der Stadt. Da hörte sie es zum ersten Mal: »He, Tochter des Galgenvogels! Assol, paß auf, die roten Segel kommen!«

Das Mädchen zitterte, legte die Hand über die Augen und schaute unwillkürlich auf die weite See. Dann wandte es sich um und sah dorthin, woher die Stimmen gekommen waren. Keine zwanzig Schritte von ihm entfernt stand eine Gruppe von Kindern. Sie schnitten Fratzen und streckten die Zunge heraus.

Assol lief schnell nach Hause.

Cäsar hatte gesagt, es sei besser, in einem Dorf der erste zu sein, als in Rom der zweite. Arthur Grey hatte keinen Grund, an diesem Spruch zu zweifeln. Er wurde als Kapitän geboren, wollte stets Kapitän werden und ist Kapitän gewesen.

Das große Haus im Süden Englands, in dem Grey geboren wurde, war ein düsterer Kasten von gewaltigen Ausmaßen. Weitläufige Rasenflächen und ein Teil des Parks lagen vor dem Gebäude. Die erlesensten Tulpensorten, silbergraue, violette und schwarze, die einen rosa Schatten warfen, wuchsen in abgezirkelten Beeten inmitten des Rasens. Alte Bäume warfen ihre Schatten über das Riedgras eines verschlungenen Wasserlaufes.

Ein hohes Eisengitter schloß den Park ab. Seine gewundenen Pfähle waren durch ein eisernes Blattmuster kunstvoll verbunden. Jeder Pfahl endete oben in einer prachtvoll geschmiedeten Eisenlilie. Diese Lilienschalen wurden an Feiertagen mit Öl gefüllt und erhellten mit züngelnden Flammen den nächtlichen Park.

Der Vater und die Mutter Greys paßten in diese Umgebung. Sie waren reich und zählten sich zur besseren Gesellschaft. Die Ölbilder ihrer Vorfahren und die Gemälde, auf denen sie selbst dargestellt waren, hingen nebeneinander in der großen Halle. Sie hofften darauf, daß auch Grey so leben würde wie sie und daß eines Tages sein Ölbild die Reihe der Familienbilder fortsetzte. In dieser Rechnung jedoch steckte ein kleiner Fehler. Grey dachte nicht daran, ein Leben lang den Weg zu gehen, den die Familie ihm vorgezeichnet hatte.

Dieser eigene Wille des Kindes, der so gar nicht in das Familienbild paßte, wurde schon bei dem achtjährigen Jungen deutlich.

Eines Tages schob er einen Stuhl gegen die Wand und kletterte darauf, um ein Bild zu erreichen, das die Kreuzigung darstellte. Dann übermalte er die Nägel in den Händen Christi mit blauer Farbe, die er sich beim Anstreicher eigens für diesen Zweck besorgt hatte. Die blutenden Hände waren für ihn ein unerträglicher Anblick.

Schon begann er, auch die Wunden der Beine des Gekreuzigten zu übermalen, da wurde er von seinem Vater erwischt. An den Ohren zog der Vater den Jungen vom Stuhl und schimpfte: »Warum hast du das Bild verdorben?«

»Ich habe doch das Bild nicht verdorben«, antwortete Grey.

»Es ist das Werk eines berühmten Malers«, sagte der Vater.

»Das ist mir gleich«, antwortete Grey, »ich kann nicht zusehen, wenn aus irgendeiner Wunde in unserem Haus Blut fließt. Ich kann das nicht.«

Der Vater war verwundert über diese Antwort des Sohnes, verbarg jedoch sein Erstaunen und bestrafte den kleinen Grey nicht.

Grey erforschte unermüdlich das alte Schloß. Oft machte er überraschende Entdeckungen. Auf dem Dachboden fand er eiserne Rüstungen, in Leder und Messing gebundene Bücher und von Motten zerfressene Kleidung. Dort scheuchte er auch Scharen wilder Tauben auf.

Im Keller wurde der Wein aufbewahrt. Hier im trüben Licht der spitzen Fenster standen kleine und große Fässer. Das größte hatte die Form eines eingedrückten Ringes und nahm die ganze Quermauer des Kellers ein. Das hundertjährige dunkle Eichenholz des Fasses glänzte wie geschliffen. Unter den Fässern standen in geflochtenen Körben bauchige Flaschen aus grünem und gelbem Glas. An den Wänden und auf den Steinen des Bodens wuchsen graue Pilze auf dünnen Stengeln. An manchen Stellen breitete sich Schimmel aus, Moos sproß in der Feuchtigkeit, und ein säuerlicher Geruch erfüllte den Raum. Ein großes Spinnennetz leuchtete golden in der entferntesten Ecke auf, wenn gegen Abend die Sonne endlich so tief stand, daß sie einen einzigen Strahl in den Keller senden konnte.

An dieser Stelle lagerten, halb im Boden vergraben, zwei Fässer besten spanischen Weins, der zu Zeiten der Königin Isabella geerntet worden war. Der Kellermeister hatte Grey die Stelle gezeigt. Niemals versäumte er die Gelegenheit, ihm die Geschichte dieses berühmten Weingrabes zu erzählen.

»Es ist ein toter Wein«, sagte er, »und doch ist er lebendiger als eine ganze Schar von Foxterriern.«

Bevor er aber richtig zu erzählen begann, prüfte er immer nach, ob der Hahn des großen Fasses auch tatsächlich funktionierte.

Diese Überprüfung erfreute jedesmal sein Herz und ließ seine Augen glänzen.

Poldischov, so hieß der Kellermeister, setzte sich auf eine leere Kiste und füllte seine Pfeife mit Tabak.

»Siehst du diese Stelle dort?« fragte er und wies mit dem Pfeifenstiel in die Ecke. »Unter den Spinnweben, da liegt ein Wein – ich kann dir sagen, für den ließe sich jeder Säufer die Seele aus dem Leib reißen, wenn er nur ein winziges Gläschen davon zu trinken bekäme. Jedes dieser Fässer faßt hundert Liter. Ein Wein, von dem die Seele das Fliegen lernt. Seine Farbe ist dunkler als die schwarze Kirsche, und er würde nicht einmal aus der Flasche fließen. Er ist dick wie gute Sahne.

Aber die schwarzen Holzfässer sind hart wie Eisen. Doppelte Reifen von rotem Kupfer halten sie zusammen, und auf dem Reifen steht in lateinischer Schrift geschrieben: ›Mich wird Grey austrinken, wenn er im Paradies ist.‹

Diese geheimnisvolle Inschrift wurde verschieden ausgelegt. Dein Großvater war ein schlauer Fuchs. Er war der vornehme Simeon Grey. Er ließ sich ein Landhaus bauen, dem er den Namen ›Das Paradies‹ gab. Auf solch listige Weise glaubte er, das Rätsel der Inschrift zu lösen und an den köstlichen Wein kommen zu können.

Aber was meinst du, er starb, als man begann, die Reifen abzunehmen. Er war so aufgeregt und gierig, daß sein Herz zerriß. Seit jener Zeit hat niemand mehr das Faß berührt. Man erzählt sich, daß der wertvolle Wein Unglück bringt. Ich glaube, daß nicht einmal die ägyptische Sphinx den Menschen ein größeres Rätsel aufgibt.«

Hier unterbrach der Kellermeister Poldischov seine Erzählung, ging mit flinken Schritten in die Ecke auf das große Faß zu und prüfte wiederum, ob der Hahn wirklich noch in Ordnung war. Mit fröhlichem Gesicht kehrte er zurück.

»Wie ist das nur zu verstehen«, sagte er. »»Mich wird Grey austrinken, wenn er im Paradies ist.‹ Wie kann einer trinken, wenn er gestorben ist? Es ist ein Rätsel. Ist einer erst im Paradies, trinkt er weder Wein noch Bier. Um aus diesem Faß mit leichtem Herzen trinken zu können, mein Junge, müßte man mit einem Bein auf der Erde und mit dem andern im Himmel stehen. Manche sagen«, fügte er hinzu, »das Rätsel sei ganz leicht zu lösen. Es bedeute nur, daß einer aus der Familie Grey so lange aus dem Faß trinken würde, bis er meinte, er sei im Paradies. Aber das ist bestenfalls eine Wirtshausgeschichte.«

Noch einmal prüfte der Kellermeister, ob der Hahn des großen Fasses nicht gelitten hatte, dann kehrte er, die Beine schon etwas schwer, zu seiner Kiste zurück.

»Diese Fässer brachte dein Urahne, ein gewisser John Grey, vor vielen hundert Jahren aus Lissabon mit dem Schiff ›Adler‹ hierher. Zweitausend goldene Gulden soll er für den Wein bezahlt haben. Die Inschrift auf dem Reifen des Fasses stammt von dem Waffenmeister Benjamin Eljan aus Pondischerri. Sechs Fuß tief sind die Fässer in den Boden gesenkt und mit Asche von verbrannten Reben bedeckt worden. Niemand hat den Wein bisher gekostet. Und niemand wird ihn je kosten.«

»Ich werde ihn austrinken«, antwortete Grey und stampfte mit dem Fuß auf den Boden.

»Du bist ein tapferer junger Mann«, neckte ihn Poldischov. »Wirst du ihn im Paradies trinken?«

»Natürlich«, antwortete Grey, »ich habe das Paradies in meiner Hand, siehst du?« Er lachte leise vor sich hin, öffnete seine kleine Hand und ließ sie von dem Sonnenstrahl der untergehenden Sonne beleuchten. Dann machte er eine Faust und rief: »Hier drin ist das Paradies! Hörst du, ich halte es in meiner Hand.«

So sprach er und rannte vor Poldischov die düstere Treppe hinauf.

Die riesige Küche des Schlosses war für Grey streng verboten. Aber einmal hatte er die Welt des Feuers und des Rauches entdeckt. Er staunte über den Ruß, über das Zischen und das Brodeln der kochenden Flüssigkeiten, hörte die dumpfen Schläge des Messers auf den Fleischstücken, sog die würzigen Gerüche gierig ein und besuchte immer wieder diesen geheimnisvollen großen Raum.

Die Köche redeten wenig bei ihrer Arbeit und bewegten sich vor dem Herd wie Priester vor dem Altar. Ihre weißen, hohen Mützen stachen vor dem Hintergrund der schwarz gewordenen Wände deutlich ab. Lustige, dicke Spülfrauen wuschen in Fässern das Geschirr. Das Porzellan und das Silber klirrten.

Lehrjungen keuchten unter schweren Lasten und brachten Körbe voll von Fischen, Austern, Krebsen und frischem Obst. Auf einem langen Tisch lagen die Fasanen und schimmerten in allen Farben des Regenbogens; daneben graue Enten, bunte Hühner. Dort auf der Leiter hing ein geschlachtetes Schwein mit einem kurzen Schwanz, auf einem Brett lagen Rüben und Kohl, Nüsse und braune Rosinen und sonnengereifte Pfirsiche.

In der Küche war Grey schüchtern. Alles kam ihm geheimnisvoll vor. Die Befehle des Oberkochs klangen wie Beschwörungsformeln. Und wie sicher die Köche mit den schweren Töpfen und Pfannen hantierten! Grey war noch nicht groß genug, um in den hohen Topf schauen zu können. Der brodelte wie ein feuerspeiender Berg. Ihn schaute er immer mit besonderer Verehrung an. Zwei Mägde waren nötig, um den Topf vom Feuer zu heben. In Wellen quoll der Dampf heraus und füllte die ganze Küche.

Einmal schwappte etwas von der heißen Suppe über und verbrühte die Hand eines Mädchens. Die Haut wurde augenblicklich rot. Batsy, die Magd, weinte und rieb die verbrannten Stellen mit Öl ein. Tränen rollten ihr über die runden Wangen.

Grey erstarrte. »Tut es sehr weh?« fragte er.

»Versuch es selbst, dann wirst du es wissen«, antwortete Batsy und bedeckte die Hand mit ihrer Schürze.

Die Augenbrauen zusammengezogen, kletterte der Junge auf den Schemel, schöpfte mit einem langen Löffel von der kochendheißen Hammelfleischsuppe und schüttete sie über sein Handgelenk. Der Schmerz war fürchterlich und ließ ihn schwanken. Blaß wie die Wand, kletterte er vom Schemel, ging zu Batsy und versteckte die brennende Hand in der Hosentasche. »Das tut wirklich sehr weh«, sagte er, erzählte aber nicht, was er getan hatte. »Komm, Batsy, wir gehen zum Arzt, komm doch!« Er zog sie eifrig am Rock.

Die Frauen redeten auf Batsy ein und empfahlen ihr hundert Hausmittel und Rezepte. Doch schließlich folgte sie dem kleinen Grey. Der Arzt linderte ihre Schmerzen und legte einen Verband an. Erst jetzt zeigte der Junge seine Hand.

Dieses Erlebnis machte aus der zwanzigjährigen Batsy und dem zehnjährigen Grey Freunde. Sie füllte seine Taschen mit Äpfeln und Schleckereien, und er erzählte ihr zum Dank Märchen und andere Geschichten.

Einmal erfuhr er, daß Batsy gern den Reitknecht Jim heiraten wollte. Aber sie hatten zu wenig Geld, um einen Haushalt zu gründen. Grey zerschlug mit dem eisernen Schürhaken seine Porzellansparbüchse, und alle Münzen fielen heraus. Es kamen ungefähr hundert Pfund zusammen.

Am nächsten Morgen stand er in aller Frühe auf und wartete, bis Batsy in die Küche gegangen war. Dann schlüpfte er in ihr Zimmer und verbarg das Geld in der Truhe des Mädchens. Einen kleinen Zettel legte er dazu. Auf den hatte er geschrieben: »Batsy, das ist dein Geld. Der Anführer der Räuberbande, Robin Hood.«

Es gab eine solche Aufregung in der Küche, daß Grey schließlich bekennen mußte, wer der Räuberhauptmann gewesen war. Er weigerte sich, das Geld zurückzunehmen, und wollte nicht mehr darüber sprechen.

Greys Mutter war eine jener Frauen, die nur das reiche, sorgenlose Leben hervorbringt. Sie verbrachte ihre Zeit damit, sich von den Schneiderinnen, den Ärzten und den Köchen beraten zu lassen. Stets tat sie genau das, was ihr Mann, ihre Verwandten und die Bekannten von ihr erwarteten. Ihre einzige Schwäche war die große Liebe zu ihrem ein wenig sonderbaren Kind.

Die vornehme Dame glich einem Pfau, der das Ei eines Schwanes ausgebrütet hat. Sie spürte, daß ihr Sohn anders war. Voller Sorgen drückte sie den Jungen oft an sich. Sie, die es gewohnt war, mit den Dienern und Mägden streng und hochmütig zu sprechen, fand für den Sohn stets sanfte, herzliche Worte. Sie vermochte einfach nicht, ihm etwas zu verbieten. Alles verzieh sie ihm, den Besuch der Küche, seine Abneigung gegen die Schule. Sie strafte ihn nicht, wenn er ungehorsam war, und nahm seine zahlreichen Einfälle geduldig hin. Einmal wollte er nicht, daß die Bäume beschnitten wurden; sie blieben unberührt. Wenn er darum bat, irgend jemandem zu verzeihen oder ihn zu belohnen, dann wußte die betreffende Person gleich, daß seine Bitte in Erfüllung ging.

Grey durfte auf jedem Pferd reiten, jeden Hund mit in das Schloß nehmen, in den Gärten wühlen, barfuß laufen, kurz: er konnte tun, was er wollte.

Sein Vater wehrte sich einige Zeit gegen diese Erziehung, aber schließlich gab er den Wünschen seiner Frau nach. Er setzte lediglich durch, daß kein Kind aus dem Ort in die Nähe des Schlosses kam, denn er fürchtete, daß Spielgefährten den Jungen auf noch ausgefallenere Einfälle bringen würden.

Im übrigen war er völlig mit verschiedenen Familienstreitigkeiten beschäftigt, die schon jahrelang währten und bei denen kein Ende abzusehen war. Er wurde in wichtigen Angelegenheiten des Staates zu Rate gezogen, mußte Güter verwalten, Briefe diktieren, Zeitungen lesen und auf die Jagd gehen. Bei all dem blieb nur wenig Zeit für seine Familie. So selten sah er seinen Sohn, daß er manchmal keine Antwort zu geben wußte, wenn er nach dem Alter des Kindes gefragt wurde.

Auf solche Weise verlebte Grey seine Kinderjahre. Er spielte meist allein, oft in den Vorhöfen des Schlosses, in denen vor langer Zeit Soldaten gewohnt hatten. Die Gebäude lagen leer, und in den Ritzen des Straßenpflasters sproß das Unkraut. Aus den Kellerlöchern wuchsen Brennesseln und Kletten, Schlehdornbüsche und die bunte Pracht der wilden Blumen. Hier blieb Grey stundenlang. Er erforschte die Gänge der Maulwürfe, schlug mit einem Stecken die Köpfe des Unkrauts ab, lauerte auf bunte Falter und baute aus umherliegenden Ziegelsteinen Festungen, die er mit Pflastersteinen bombardierte.

Er war fast zwölf Jahre alt, als er eines Tages die Bibliothek entdeckte. Die hohe schmale Tür mit der matten Glasfüllung war gewöhnlich geschlossen. Aber der Schnappverschluß rastete nicht mehr richtig ein. Wenn er fest mit der Hand gegen einen der Türflügel drückte, gab das Schloß nach.

Voller Unternehmungsgeist drang Grey in die Bibliothek ein. Ihn überraschte das gedämpfte Licht, das durch die farbigen Fenster fiel. Kein Ton drang von außen in diesen Raum. Die finsteren Reihen der Bücherschränke reichten hoch bis an die Fenster. Zwischen den Schränken gab es Durchgänge, die zum Teil mit Bücherstapeln versperrt waren. Hier fand er ein geöffnetes Album, aus dem die Seiten herausrutschten, dort lagen Papierrollen, mit goldener Schnur zusammengehalten; Bücherrücken von finsterem Aussehen, Blätter in dicken Lagen, Schubladen voller kleiner Bücher, die knackten wie Baumrinde, wenn man sie öffnete – eine ganz neue Welt tat sich vor ihm auf.

Zeichnungen und Tabellen gab es dort, Landkarten, Papierumschläge verschiedener Größe, graue, schwarze, blaue, dicke, dünne, rauhe, glatte. Die Schränke waren vollgestopft mit Büchern. Das ganze Wissen der Welt schien in sie eingeschlossen zu sein.

In den Scheiben der Bücherschränke spiegelten sich andere Schränke. Ein großer Globus, der in ein Netz aus Längen- und Breitengraden eingeschlossen war, stand auf einem runden Tisch. Über der Tür sah Grey ein riesiges Gemälde, das die ganze Wand der Bibliothek beherrschte. Das Bild zeigte ein Schiff, das von den Meereswellen hochgehoben wurde. Ströme von Gischt flossen an seinen Planken hinab. Das Schiff schien dem Beschauer genau entgegenzukommen. Der sich hoch aus dem Wasser reckende Bug verbarg den unteren Teil der Mastbäume. Der Wellenkamm, der vom Kiel zerschnitten wurde, erinnerte an die Flügel eines mächtigen Vogels. Die Segel waren von der Kraft des Sturmes zur Seite gedrückt. Tief hingen die zerrissenen Wolken über der Weite des Ozeans. Die einbrechende Dunkelheit verjagte gerade das letzte Licht. Die Gestalt eines einzelnen Mannes lenkte besondere Aufmerksamkeit auf sich. Er stand gegen die Reling gelehnt, mit dem Rücken zum Beschauer. Die Beine hielt er gespreizt. Er hob die Arme. Womit er beschäftigt war, ließ sich nicht genau erkennen. Seine Aufmerksamkeit war auf das Deck gerichtet, auf etwas, das dem Beschauer verborgen blieb. Sein Mantel wehte im Wind, seine Haare waren zerzaust. An seiner Kleidung konnte man ihn als den Kapitän erkennen.

Irgend etwas schien er zu schreien, aber was? Sah er, wie ein Mensch ins Meer gespült wurde, oder erteilte er den Befehl, die Segel einzuholen? Während Grey das Bild genau betrachtete, schien es ihm plötzlich, als ob ein Unsichtbarer, ein Unbekannter von der linken Seite an ihn herantrete und dort stehenbliebe. Er wußte, wenn er den Kopf drehen würde, war die Erscheinung verschwunden. Der Unbekannte sprach zu ihm in einer fremden, unverständlichen Sprache, und Grey hörte ihm zu. Grey vernahm das Rollen der Wellen, der Widerhall der pfeifenden Winde erfüllte die Bibliothek. Sobald er sich umschaute, war alles still, und das zarte Gespinst der Phantasie zerriß.

Grey kam oft hierher, um sich das Bild anzuschauen. Allmählich wurde ihm die See vertraut. Er forschte nach Büchern in der Bibliothek, in denen er Geschichten über Fahrten auf den Weltmeeren vermutete. Er las von Schiffen, die ihre Segel, ihre Mastbäume verloren, die in der Dunkelheit der Meerestiefe versanken, auf Riffe liefen und von Sturzwellen zerschmettert wurden. Andere trieben jahrelang als Wracks hilflos auf dem Meer. Und wieder andere schließlich segelten wohlbehalten und mit Gütern hochbeladen in den sicheren Hafen ein. Er las von Piratenschiffen unter schwarzer Flagge, von Gespensterschiffen, die im blauen Elmsfeuer leuchteten, von Kriegs- und Forschungsschiffen. Er las alles, was die große Bibliothek von Meer und Schiffen nur hergab. Vor allem aber

wuchs seine Begeisterung für die Kapitäne solcher Schiffe. Kein Beruf schien ihm so begehrenswert wie der des Kapitäns, der sein Schiff durch Nacht und Gefahr, durch die Gewalten der Natur in die weitentfernten Länder steuerte, bald unter dem Sternbild des Großen Bären segelnd, bald die Meere unter dem Kreuz des Südens durchpflügend.

Als der Herbst kam, verließ Arthur Grey, gerade fünfzehn Jahre alt, heimlich das Schloß und suchte die goldenen Tore des Meeres. Der Schoner »Anselm« verließ kurze Zeit darauf den Hafen Dubel. Er segelte nach Marseille. An Bord befand sich ein Junge mit kleinen Händen und der Gestalt eines schmächtigen Mädchens. Dieser Junge war Grey. Er besaß einen eleganten Reisesack, feine Handschuhe aus Ziegenleder, Lackstiefel und Unterwäsche mit eingewebten Kronen.

Im Laufe eines einzigen Jahres kam die »Anselm« nach Frankreich, Amerika und Spanien. Grey verschleuderte in dieser Zeit all seine Habseligkeiten, kaufte Kuchen dafür und erinnerte sich der feinen Speisen im Schloß. Den Rest des Geldes verlor er im Kartenspiel. Er wollte ein echter Seemann sein. Er trank Rum, bis er fast erstickte, und sprang von der Bordwand ins Meer, daß ihm von der Kälte des Wassers beinahe das Herz stehenblieb.

Allmählich verlor er alles, was an den kleinen Jungen aus dem Schloß erinnerte. Er stand breitbeinig, bekam starke Muskeln. Die ehemals blasse Haut war jetzt sonnengebräunt, seine Bewegungen wurden sicher, seine Hand konnte fest zupacken, und in seinen Augen spiegelten sich Energie und Entschlossenheit.

Der Kapitän der »Anselm« war ein gutmütiger Mensch, aber auch ein rauher Seemann. Mehr aus Schadenfreude hatte er den schwächlichen Jungen mitgenommen. Er vermutete in Grey einen überspannten Knaben, der einer Laune gefolgt war.

Nach spätestens zwei Monaten würde Grey vor ihm stehen mit niedergeschlagenen Augen. »Kapitän«, würde er sagen, »ich habe mich am Ellbogen gestoßen, während ich durch das Tau kroch, ich habe Rückenschmerzen, ich habe Seitenstechen, meine Finger sind steif, mein Kopf brummt, meine Beine zittern. All diese nassen und schweren Seile quälen meinen Körper, ich will zu meiner Mutter zurück.«

Der Kapitän hatte sich schon eine Antwort zurechtgelegt. »Geh, wohin du willst, du Muttersöhnchen! Wenn an deinen empfindlichen Flügeln Teer hängengeblieben ist, wasch es zu Hause ab, am besten mit Kölnisch Wasser.« Auf diesen Schluß der Rede mit dem Kölnisch Wasser war der Kapitän besonders stolz, und jedesmal, wenn er die Antwort in Gedanken vor sich hin sagte, pflegte er zu wiederholen: »Ja, am besten mit Kölnisch Wasser.«

Aber mit der Zeit dachte der Kapitän immer seltener an diese Antwort. Grey biß die Zähne zusammen und versuchte gar nicht erst, ein solches Gespräch zu beginnen. Er ertrug die harte Arbeit und spürte, daß sie ihm von Tag zu Tag leichter fiel.

Es kam vor, daß ein Stoß der Ankerkette ihn umstieß, daß er auf das Deck flog, daß ein Seil, von einem Matrosen nicht länger festgehalten, sich auch aus seinen Händen riß und ihm die Haut aus den Handflächen schürfte. Oft genug war die Arbeit eine Qual. Aber wie schwer sie ihm auch wurde, nie hörte er auf zu lächeln, er ertrug jeden Spott, nahm die Flüche hin und war schließlich auf dem Schiff kein Fremder mehr.

Eines Tages sah der Kapitän, wie Grey an der Rah das Segel reffte wie ein Alter. Und als Grey dann unter Deck ging, rief er ihn in die Kajüte und sagte: »Hör mir gut zu.« Er legte die Hand auf ein zerlesenes Buch und fuhr fort: »Ich will aus dir jungem Hund einen Kapitän machen.«

Dann begann er, Ausdrücke aus der Seemannssprache aus dem Buch vorzulesen, erklärte sie ihm und schrieb sie auf. Das war Greys erste Unterrichtsstunde.

Im Laufe eines einzigen Jahres lernte der Junge alles, was der Kapitän von der Navigation wußte und was er vom Schiffsbau, vom Seerecht, von den Lotsen kannte; er durfte das Steuerrad halten und die Eintragungen ins Logbuch vornehmen. Gelegentlich reichte der Kapitän ihm die Hand und sagte: »Wir.«

In Vancouver erhielt Grey einen Brief seiner Mutter. Es war ein Brief voller Angst und voller Tränen. Er antwortete ihr und versuchte sie zu trösten.

Nach etwa fünf Jahren segelte die »Anselm« wieder einmal nach Dubel, um dort die Ladung zu löschen. Grey war zwanzig Jahre alt geworden. Er nutzte die Zeit und besuchte das Schloß.

Nichts hatte sich hier verändert, alles war geblieben wie an dem Tag, als er weggegangen war. Nur die Kronen der jungen Ulmen waren dichter geworden.

Die Dienerschaft strömte zusammen, alle schüttelten Grey die Hand, staunten darüber, daß aus dem schmalen Bürschchen ein solcher Mann geworden war. Man sagte ihm, wo seine Mutter zu finden sei.

Er trat in die Kapelle, schloß leise die Tür und blieb im Hintergrund still stehen. Eine grauhaarige Frau kniete in der ersten Bank, sie betete. Schließlich sagte er: »Mutter«, mehr brachte er nicht über die Lippen.

Die Frau wandte sich um, Freude flog über ihr Gesicht, und sie trat lachend auf ihn zu. »Ich habe dich sofort erkannt, mein Lieber, mein Kleiner.«

Grey vergaß, daß er groß geworden war.

Sie berichtete ihm vom Tod des Vaters, und er erzählte von seinem Leben als Matrose. Er kam ihr vor wie ein großer Junge, der immer noch mit seinem liebsten Spielzeug spielte, mit Ozeanen und Schiffen. Sieben Tage blieb Grey im Schloß, dann kehrte er nach Dubel zurück. Eine große Summe Geldes nahm er mit.

Zum Kapitän sagte er: „Ich danke Ihnen sehr, Sie waren mein bester Kamerad. Doch nun heißt es Lebewohl sagen.« Er drückte dem Kapitän die Hand. »Ich werde jetzt auf einem eigenen Schiff fahren.«

Der Kapitän war verärgert, wurde rot, spuckte aus, riß die Hand los und ging weg. Aber Grey lief ihm nach, holte ihn ein, umarmte ihn, und sie gingen in ein Gasthaus. Alle Matrosen und Männer der Besatzung gingen mit und schrien und tranken und sangen, bis die Vorräte in Küche und Keller ausgetrunken und aufgegessen waren.

Nach ein paar Tagen, der Abendstern war gerade über dem Hafen von Dubel aufgegangen, machte ein schönes Schiff an der Kaimauer fest. Es hieß »Geheimnis«. Dieses Schiff hatte Grey gekauft, einen Dreimaster von zweihundertsechzig Tonnen. So wurde Arthur Grey im Alter von zwanzig Jahren Kapitän und Besitzer eines Schiffes. Das glückliche Lachen seiner Mutter aber war ihm im Gedächtnis geblieben, und sooft er es möglich machen konnte, besuchte er sie im Schloß, und sie hoffte von Mal zu Mal darauf, daß ihr großer Junge endlich aufhören würde, mit Schiffen und Meeren zu spielen.

Vier Jahre später sollte der Wind ihn mit der »Geheimnis« an die Ostseeküste vor Liss treiben.

Die weiße Gischt, die hinter dem Heck des Schiffes »Geheimnis« zurückgeblieben war, schien quer durch den Ozean zu laufen, ein heller Strich, der sich erst im Glanz der Abendlichter von Liss verwischte. Das Schiff ankerte auf der Reede, nicht weit vom Leuchtturm. Seine Ladung bestand aus chinesischer Rohseide, Kaffee und Tee. Zehn Tage lang löschten die Männer die Ladung. Den elften Tag verbrachten sie in den Kneipen am Hafen. Am zwölften Tag war Grey plötzlich von einer blinden Unzufriedenheit erfüllt, und er wußte nicht, warum. Schon am Morgen, als er erwachte, erfüllten ihn dunkle Gedanken. Widerwillig stieg er aus dem Bett, zog sich an, stocherte in seinem Frühstück herum, ließ die Zeitung achtlos liegen, blies den Rauch aus seiner Pfeife und gab sich ziellosen Gedanken hin. Endlich raffte er sich auf und ging an die Arbeit.

Der Bootsmann begleitete ihn bei seinem Gang über das Schiff. Er ließ Wanten festzurren, das Steuertau erneuern, das Klüversegel durch ein anderes ersetzen, das Deck teeren. Der Kompaß mußte gesäubert werden, die Luken wurden geöffnet und die Laderäume geschrubbt. Doch so sehr er sich auch in die Arbeit stürzte, seine dunklen Gedanken wurden nicht zerstreut. Den ganzen Tag über begleiteten sie ihn, seine Erregung wich nicht. Es schien, als ob er von jemand gerufen würde. Aber er wußte nicht, wer ihn rief und wohin er gehen sollte. Gegen Abend setzte er sich in die Kajüte. Er nahm ein Buch zur Hand, las darin, stritt in Gedanken mit dem längst verstorbenen Verfasser und schrieb eine Menge böser Notizen an den Rand. Einige Zeit vermochte ihn diese Beschäftigung abzulenken, dann endlich nahm er seine Pfeife und paffte wild darauf los. Er blickte den Tabakswolken nach und versuchte in ihren verschwommenen Umrissen Tiergestalten und Gesichter zu erkennen.

Starker Tabak hat eine große Macht. Er ist wie Öl, das in die vom Sturm aufgewühlten Wellen gegossen wird und ihre Wut mildert. Allmählich wich Greys Erregung. Er trat hinaus an Deck. Längst war es Nacht geworden. Im schwarzen Wasser des Hafens schwamm der Widerschein der Schiffslaterne. Die Luft war lau und roch nach Meer. Grey hob den Kopf, spähte nach den goldenen Sternen und erkannte die weit entfernten Planeten. Undeutlich und gedämpft drang der Lärm aus den Kneipen der Stadt an sein Ohr. Manchmal trug der Wind einen halben Satz über das Wasser, und es klang, als würde er an Deck gesprochen.

An der Back flammte ein Streichholz auf und beleuchtete einen Schnurrbart, Augen und Finger. Grey pfiff. Die Glut der Pfeife bewegte sich und kam auf ihn zu. Grey erkannte den Matrosen, der die Wache hielt.

»Sag Letika, daß er mit mir fahren soll«, befahl der Kapitän. »Er soll das Angelzeug mitnehmen.«

Dann ging er langsam hinunter zum Beiboot und wartete. Letika kam nach einer ganzen Weile, warf die Ruder ins Boot und sprang dann selbst hinein. Er befestigte die Ruderdollen und band einen Sack mit Lebensmitteln am Heck fest.

Grey setzte sich ans Steuer.

»Wohin soll es gehen, Kapitän?« fragte Letika und stieß das Boot geschickt von der Bordwand ab. Der Kapitän schwieg. Der Matrose kannte ihn und wußte, daß nun alle Worte an diesem Schweigen abprallen würden. Er begann zu rudern und stellte keine weiteren Fragen.

Grey steuerte aufs offene Meer hinaus und hielt sich dann an das linke Ufer. Es war ihm gleichgültig, wohin der Kahn sich bewegte. Das Wasser plätscherte am Steuer entlang, die Ruder knarrten, aber sonst blieb alles still.

Im Laufe eines Tages denkt der Mensch eine Menge Gedanken, sieht bunte Bilder und redet viele Wörter, so viele, wie wohl in einem dicken Buch stehen. Was für ein Buch dieser Tag gewesen war, daran rätselte Grey vergebens. Doch ahnte er die ganze Zeit, daß kein gewöhnlicher Tag zu Ende ging; wie man das Aroma einer Speise ahnt, ohne es näher bezeichnen zu können. Und er fühlte, daß er bald begreifen würde, was an diesem Tag Besonderes gewesen sei.

»Ich warte, ich werde sehen, ich werde es bald erfahren«, murmelte er.

Zur Linken tauchte jetzt der Schatten des Steilufers auf. Bald sahen sie die roten Lichter der Fenster. Aus Schornsteinen sprühten die Funken. Das war Kaperna.

Grey hörte das Gebell der Hunde und die Stimmen von Menschen. Die Lichter des Dorfes erinnerten an eine Ofentür mit vielen Löchern, durch die die Glut der Kohlen schimmerte.

Zur Rechten lag das weite Meer und wiegte sich leicht im Schlaf. Grey steuerte an Kaperna vorbei und hielt dann auf das Ufer zu. Das Schiff lief auf. Grey hob die

Laterne, sah eine flache Stelle und dahinter den Steilhang. Der Platz gefiel ihm.

»Hier wollen wir angeln«, sagte er und klopfte Letika auf die Schulter. Der Matrose brummte etwas vor sich hin. Was ist heute bloß mit dem Kapitän los? dachte er. Er kennt sich doch sonst genau aus.

Sie sprangen ans Ufer. Letika stieß das Ruder in den Schlamm und band das Boot daran fest. Sie kletterten den Steilhang hinauf. Letika suchte im Dickicht nach trockenem Holz, fand einen dürren Ast und schlug ihn mit der Axt ab. Dicht am Abgrund entzündete er ein Feuer. Die Flammen spiegelten sich im Wasser und tanzten auf den Wellen. Der Feuerschein erleuchtete das Gras und die Zweige des Dickichts. Über dem Feuer zitterte und glitzerte die rauchige Luft.

Grey setzte sich nahe an die Flammen. Er zeigte auf die Flasche und forderte Letika auf: »Trink, Freund, trink! Ein Prost auf alle die, die den Alkohol verachten.« Er nahm einen kräftigen Schluck. »Warum, zum Kuckuck, hast du nicht den Reiswein mitgebracht, sondern diesen Ingwer-Wodka hier?«

Der Matrose wollte sofort antworten, aber er hatte den Mund voll mit kaltem Hähnchenfleisch. Endlich sagte er: »Ich weiß, Kapitän, daß Sie gern Reiswein trinken, aber es war dunkel, und ich mußte mich beeilen. Ingwer-Wodka, wissen Sie, macht die Menschen wild. Wenn ich mich mit jemand schlagen will, dann trinke ich Ingwer-Wodka. Wodka aus Reval ist gut.«

Der Kapitän aß und trank. Letika sah ihn von der Seite an und fragte schließlich: »Stimmt es eigentlich, Kapitän, daß Sie aus einer vornehmen Familie stammen?«

»Wen interessiert das schon, Letika? Nimm die Rute und angle, wenn du willst.«

»Und was machen Sie?«

»Ich? Ich weiß es noch nicht.«

Letika packte die Angelgeräte aus und murmelte vor sich hin:

>»Aufgepaßt, jetzt kommt der Meister,
>hütet euch, ihr Meeresgeister.«

Er band die Schnur an die Rute und befestigte den Haken. Leise pfiff er vor sich hin. Mit dem Finger kitzelte er die Würmer, die er in der Dose mitgebracht hatte.

»Gestern wühltest du dich noch durch die Erde und freutest dich, daß du lebst«, sagte er. »Jetzt an den Haken mit dir, ein Wels soll dich fressen!« Schließlich kletterte er zum Ufer hinunter und sang leise vor sich hin:

>»Still ist die Nacht,
>und im Bauch brennt der Wodka!
>Junge, heut fang' ich den Hai!
>Hering hab' acht,
>heut angelt der Let'ka.
>Kommt her, ihr Fische, herbei!«

Grey legte sich ans Feuer und starrte auf das Widerspiel der Flammen. Tausend Gedanken stürzten auf ihn ein. Traumbilder zogen vorüber. Er spürte nicht, daß im Morgentau seine Jacke naß wurde und sein Arm einschlief. Die Sterne wurden blasser. Bald würde die Sonne aufgehen. Der Kapitän sank in einen Halbschlaf. Zweimal trat Letika in den Feuerkreis, rauchte eine Pfeife und schaute auf die Fische, die er gefangen hatte.

Schließlich erwachte Grey und wußte einen Augenblick lang nicht, wie er an dieses Steilufer gekommen war. Er schaute über den Abgrund hinweg auf das

weite Meer. Vom Blatt eines Nußbaumes fiel ein Tau-
tropfen auf sein Gesicht und zerfloß. Grey stand auf.
Überall funkelte das Licht in den Gräsern und Blättern.
Das Feuer war niedergebrannt, und nur eine schmale
Rauchfahne stieg in den Himmel.

Letika war nicht zu sehen. Er war ein leidenschaftlicher
Angler. Grey trat aus dem Dickicht heraus. Über den
Hügel zog sich eine Wiese hin. Das Gras dampfte
unter der Morgensonne. Die Blumen entfalteten ihre
Kelche. Grey ging am Rand der Wiese entlang.

Plötzlich sah er unmittelbar vor sich eine Gestalt, ein
schlafendes junges Mädchen. Behutsam zog er einen
Zweig zur Seite und betrachtete sie. Kaum fünf
Schritte entfernt vor ihm lag sie zusammengerollt, den
Kopf in die Arme gebettet und die Beine angezogen. Es
war Assol.

Ihr Haar war zerzaust, und die Wimpern lagen wie
schwarze Schatten auf den Wangen. Die Schläfe war
mit einer dunklen Haarsträhne halb bedeckt, und unter
den Kopf hatte sie die rechte Hand geschoben. Nur der
kleine Finger lag gekrümmt an ihrem Ohr.

Grey hockte sich nieder und schaute dem Mädchen
lange ins Gesicht. Früher hatte er Frauen nur mit den
Augen betrachtet, aber diese hier sah er anders. Es war,
als ob alles in ihm lachte. Zwar kannte er sie nicht und
wußte nicht ihren Namen. Er fragte sich nicht, warum
sie am Ufer eingeschlafen war. Er sah nur das schöne
Bild. Schon immer hatte er die Bilder am liebsten,
unter denen keine Erklärung, keine Unterschrift stand.

Die Schatten der Baumkronen krochen näher an die
Stämme heran, und Grey hockte noch immer im Gras
und starrte auf das Mädchen. Sie schlief völlig ruhig.
Keine Falte ihres Kleides, kein Haar rührte sich. Sogar

das Gras schien in ihrer Nähe stillzustehen. Grey schaute und schaute und konnte sich nicht losreißen.

»Kapitän, wo sind Sie?« schrie Letika. Aber Grey hörte ihn nicht.

Schließlich erhob er sich. Er hatte einen seltsamen Einfall. Von seiner Hand zog er einen alten, kostbaren Ring. Vorsichtig schob er ihn auf den kleinen Finger des Mädchens. Der Finger zitterte und bewegte sich. Noch einmal schaute Grey auf das ruhige Gesicht, dann wandte er sich um und entdeckte zwischen den Büschen die weitaufgerissenen Augen von Letika.

Mit offenem Mund hatte der Matrose dem Kapitän zugeschaut und staunte wohl mehr als Jonas, als der seinerzeit den ersten Blick in den Rachen seines möblierten Walfisches warf.

»Da bist du ja, Letika!« sagte Grey. »Schau sie dir an.«

»Sie ist schön. Wie das Gemälde eines großen Künstlers«, flüsterte Letika, denn er liebte hochgestochene Redewendungen. »Die Stelle hier war doch zum Angeln günstig. Ich fing vier Muränen und noch einen Fisch, dick wie eine Blase.«

»Sei still, Letika! Komm, laß uns gehen.«

Sie schlugen sich durch die Büsche. Eigentlich hätten sie jetzt zum Boot zurückkehren müssen, aber Grey zögerte.

Er schaute über die Hügel hin auf die Dächer von Kaperna. Aus den Schornsteinen zog der Rauch, und es kam ihm vor, als malte er das Bild des Mädchens in den Himmel.

Grey bog vom Ufer ab und ging dem Dorf zu. Der Matrose folgte ihm und fragte nicht lange, was der Kapitän vorhatte. Er kannte das Schweigen bereits.

Als sie die ersten Häuser erreichten, fragte Grey:

»Letika, du hast Erfahrung, welches von den Häusern ist das Wirtshaus?«

»Das mit dem schwarzen Dach«, sagte Letika. »Ich glaube es jedenfalls.«

»Was ist besonders an dem Dach?« fragte Grey.

»Ich weiß es nicht, Kapitän. Es ist wohl mein siebter Sinn für Wodka, der mir die Wirtshäuser zeigt.«

Sie gelangten an das Haus, und es war wirklich Menners' Kneipe. Durch das geöffnete Fenster sahen sie eine Flasche auf dem Tisch stehen, und eine schmutzige Hand kraulte einen grauschwarzen Bart.

Es war noch früh am Tag. Sie ließen sich in der Gaststube nieder. Am Fenster saß der Kohlenbrenner, halb betrunken. Ihm gehörte der Bart, den sie von draußen gesehen hatten. Am anderen Ende des Raumes, an der Tür zum Saal, saßen bei Rührei und Bier zwei Fischer. Der Wirt, Menners, war ein hochaufgeschossener junger Kerl. Aus seinem sommersprossigen Gesicht spähten zwei schlaue, kurzsichtige Augen. Er spülte das Geschirr auf der Theke. Kaum hatte Grey einen Platz gefunden, kam Menners, sich tief verbeugend, nach vorn. Er vermutete, daß Grey ein wirklicher Kapitän war, und solche Gäste sah er selten.

Grey verlangte Rum.

Menners breitete ein gelbliches Tuch auf dem Tisch aus und brachte die Flasche heran. Das Etikett hatte sich halb gelöst. Menners leckte mit seiner Zunge daran und versuchte, es wieder festzukleben. Dann kehrte er hinter die Theke zurück.

Mit seinem Daumennagel schabte er angetrockneten Schmutz von einem Teller und warf ab und zu einen neugierigen Blick auf Grey.

Letika faßte sein Glas mit beiden Händen. Grey rief

den Wirt noch einmal heran. Der fühlte sich geschmei-
chelt, als Grey ihm mit der Hand winkte, er solle sich
setzen.

»Selbstverständlich kennen Sie hier alle Einwohner«,
sagte Grey ruhig.

Menners nickte.

»Mich interessiert nur der Name eines jungen Mädchens. Es trägt ein Kopftuch, sein Kleid hat rosa Blümchen. Braune Haare hat es, ist nicht sehr groß, vielleicht siebzehn bis zwanzig Jahre alt. Ich traf es nicht
weit von hier. Wie heißt es?«

Er hatte in einem so ruhigen, sachlichen Ton gesprochen, daß der junge Menners ein hämisches Lächeln
unterdrückte und eine Weile schwieg, bevor er antwortete. Er versuchte zu erraten, weshalb dem Kapitän
wohl an dem Mädchen liege. Dann schaute er gegen
die Decke und sagte: »Das ist Segel-Assol, kann gar
keine andere sein. Sie ist ganz und gar verrückt.«

»So«, erwiderte Grey und trank einen großen Schluck.
»Wie ist das denn gekommen?«

»Nun, wenn Sie es hören wollen, bitte schön«, antwortete Menners.

Er erzählte, wie das Mädchen vor sieben Jahren am
Seeufer den Liedersammler getroffen habe. Die
Geschichte sei wahr. Ein Bettelbursche habe alles
genau gehört und hier im Gasthaus erzählt. Breit
schmückte Menners die Geschichte mit all dem Klatsch
aus, der seitdem im Dorf erzählt wurde. Schließlich
schloß er: »Und seither heißt das Mädchen hier nur
noch die Segel-Assol.«

Grey blickte über Letika hinweg aus dem Fenster auf
den staubigen Weg, der an dem Wirtshaus vorbei-
führte. Plötzlich spürte er es wie einen Schlag: Drau-

ßen auf dem Weg, das Gesicht genau ihm zugewandt, kam jene Segel-Assol vorbei, deren Geschichte Menners soeben erzählt hatte.

Im hellen Licht des Morgens betrachtete er ihr schönes Gesicht. Der Matrose und Menners saßen mit dem Rücken zum Fenster. Damit sie sich nicht umwendeten, riß sich Grey von dem Anblick los und schaute in die rötlich-braunen Augen des Wirts. Das Häßliche, das Menners über das Mädchen erzählt hatte, verflog. Inzwischen schwatzte Menners munter fort.

»Und das muß ich Ihnen auch noch erzählen«, sagte er. »Der Vater dieser Segel-Assol ist ein richtiger Halunke. Er hat meinen Vater ertrinken lassen wie eine Katze. Gott soll ihn strafen.«

Ein wilder Schrei unterbrach seinen Redefluß. Der Kohlenbrenner war aufgesprungen, rollte mit den Augen und brüllte laut einen wilden Singsang.

»Kohlenbrenner,
schwarze Männer,
wer uns anfaßt oder lacht,
kriegt den Buckel schwarz gemacht.«

»Hast dich wieder betrunken, verfluchtes Walfischboot«, schrie Menners. »Mach, daß du wegkommst.«

Der Kohlenbrenner sank wieder zusammen und griff nach seinem Glas. Der Wirt schüttelte empört den Kopf. »Jedesmal dieselbe Geschichte«, murmelte er.

»Können Sie mir nicht mehr erzählen?« fragte Grey.

»Ach so, ja. Der Vater ist ein Halunke, das sagte ich schon. Ihm habe ich es zu verdanken, Euer Gnaden, daß ich ein Waisenkind geworden bin. Als Kind schon mußte ich mir meinen Lebensunterhalt selbst verdienen.«

»Lüge!« rief der Kohlenbrenner plötzlich. »Du lügst so gemein, daß ich nüchtern davon geworden bin.«

Noch ehe Menners den Mund aufmachen konnte, wandte sich der Kohlenbrenner an Grey.

»Er lügt, sein Vater hat gelogen, seine Mutter hat gelogen. Es liegt an der Rasse. Sie können ganz beruhigt sein, Assol ist ebenso gesund wie Sie oder ich. Ich habe oft mit ihr gesprochen. Sie ist auf meinen Karren gesprungen, vierundachtzigmal oder etwas weniger. Wenn das Mädchen zu Fuß aus der Stadt kommt und ich meine Kohlen schon verkauft habe, lasse ich sie zu mir auf den Wagen steigen. Soll sie da sitzen. Ich sage Ihnen, sie hat einen klaren Kopf, das ist leicht zu sehen.

Mit dir, Menners, wird sie natürlich keine zwei Worte wechseln. Aber ich, Herr, ich bin ein Kohlenbrenner, ein freier Mann, mich kümmert das Gerede und Getratsche nicht. Assol spricht wie jeder Erwachsene, ein wenig wunderlich vielleicht. Ich höre ihr zu. Es scheint, sie redet dasselbe, was Sie sagen würden oder was ich sagen würde. Dasselbe, aber doch nicht ganz so. Sie sprach zum Beispiel über das Spielzeug, das ihr Vater und sie machen.

›Ich sage dir folgendes‹, sagte sie und tippte mir mit dem Finger gegen die Schulter. Das war, als ob sich eine Fliege auf einen Glockenturm setzt. ›Ich‹, sagte sie, ›will ein Schiffsmodell so kunstvoll zustande bringen, daß das Boot auf dem Wasser von selbst schwimmt und die Ruder sich wirklich bewegen. Dann werden Matrosen ans Ufer kommen, das Schiff vertäuen, sich in den Sand setzen und zu trinken beginnen.‹

Ich lachte sie aus, so komisch schien mir das, und sagte

zu ihr: ›Nun, Assol, das ist deine Sache, das sind deine Gedanken. Aber wenn du dich umschaust, allen Menschen ist die Arbeit wie eine Last.‹

›Nein‹, sagte sie, ›ich weiß, was ich weiß. Jeder Fischer, der einen Fisch fängt, glaubt fest daran, daß er einen so großen Fisch erwischt, wie noch niemals einer gefangen worden ist. Na, und du‹, lachte sie, ›wenn du deinen Korb mit Kohlen füllst, wünschst du dir nicht manchmal, daß Blumen darin aufblühen?‹

So was hat sie wirklich gesagt! In diesem Augenblick drehte ich mich um, ich gebe es zu, und schaute auf meinen leeren Korb. Und es kam mir vor, als sprössen zwischen den trockenen Weiden, aus denen der Korb geflochten ist, rote Knospen hervor. Die sprangen auf und füllten den Korb mit grünen Blättern, und – fort war alles. Und ich war völlig nüchtern.

Ich sage Ihnen, Menners lügt, ich kenne ihn genau.«

Menners starrte den Kohlenbrenner mit einem wilden Blick an und ging dann hinter die Theke zurück. Mit einem bitteren Ton in der Stimme fragte er: »Haben Sie noch einen Wunsch, Kapitän?«

»Nein«, antwortete Grey und holte seine Geldbörse aus der Tasche. Zu Letika sagte er leise: »Ich stehe gleich auf, Letika, aber du bleibst hier. Gegen Abend erst kommst du zum Schiff zurück. Erkundige dich nach allem, was du über Assol erfahren kannst. Hast du verstanden?«

»Alles für meinen Kapitän«, sagte Letika mit einer gewissen Vertraulichkeit. Er hatte schon etwas zu viel Rum in sich hineingeschüttet. »Nur ein tauber Mensch kann das nicht verstehen.«

»Schön«, fuhr der Kapitän fort, »aber achte darauf, daß du unter keinen Umständen etwas von mir erzählst.

Auch meinen Namen sollst du nicht erwähnen. Mach's gut!«

Grey verließ das Gasthaus. Von dieser Zeit an hatte er das Gefühl, als hielte er einen Funken an ein Pulverfaß. Er hätte Bäume ausreißen mögen. Kaum war er ins Boot gesprungen, da streckte er seine Hände der Sonne entgegen, die Handflächen mitten in die glühenden Strahlen, so wie er es schon einmal als Kind im Weinkeller getan hatte. Er legte ab und ruderte mit voller Kraft dem Hafen zu.

Den Abend zuvor, es waren auf den Tag genau sieben Jahre, nachdem der Liedersammler dem Mädchen am Ufer des Meeres das Märchen von dem Schiff mit den Feuersegeln erzählt hatte, war Assol müde aus der Stadt zurückgekehrt. Einmal in der Woche besuchte sie für ihren Vater den Spielzeugladen. Sie war niedergedrückt und traurig. Ihr Korb war noch voll.

Zunächst wollte sie gar nichts erzählen, aber Longren wurde immer erregter und schien noch viel Schlimmeres zu vermuten. Da begann sie schließlich. Sie fuhr mit dem Finger an der Fensterscheibe entlang und schaute auf das Meer hinaus.

»Der Besitzer des Spielzeuggeschäftes hielt mir zunächst das Kassenbuch unter die Nase. Er zeigte mir, wieviel Schulden wir haben. Ich zuckte zusammen, als ich die große, dreistellige Zahl sah.

›Soviel habt ihr von mir im Dezember geliehen‹, sagte

er. ›Nun schau her, wieviel ich verkauft habe.‹ Er preßte seinen Finger auf eine andere Zahl, die nur aus zwei Ziffern bestand. ›Tut mir leid, aber ich rege mich auf, wenn ich nur hinschaue.‹

Sein Gesicht nahm einen frechen und wütenden Ausdruck an. Am liebsten wäre ich weggelaufen, aber ich habe mich nicht getraut. ›Mit euch kann ich keine Geschäfte mehr machen, meine Liebe‹, fuhr er fort, ›jetzt ist anderes Spielzeug groß in Mode. Nach dem, was ihr da zusammenbastelt, fragt keiner mehr.‹

So sagte er. Er hat noch lange auf mich eingeredet, aber ich habe seine Worte vergessen. Schließlich habe ich ihm wohl leid getan, denn er hat mir gesagt, ich solle in die anderen beiden Geschäfte am Ort gehen, die auch Spielzeug verkaufen, und es da versuchen.«

Assol drehte den Kopf ein wenig und spähte nach dem Alten.

Longren saß mit hängendem Kopf da und hielt die Hände fest zwischen die Knie gepreßt. Er spürte ihren Blick, sah sie an und zuckte mit den Achseln.

Assol hockte sich neben ihn, schaute ihm von unten ins Gesicht und lachte. Sie legte ihre Hand auf seinen ledernen Ärmel und sprach schnell weiter.

»Mach dir nichts daraus, Vater, mach dir nichts daraus! Ich ging los und kam in einen großen Spielzeugladen, viele Kunden waren dort. Ich wurde hin und her gestoßen, aber ich fand schließlich doch den Geschäftsführer, einen Menschen mit einer schwarzen Brille. Ich weiß nicht mehr genau, was ich ihm sagte. Zum Schluß lächelte er spöttisch, wühlte in meinem Korb, schaute sich eines unserer Spielzeugboote flüchtig an und warf es in den Korb zurück.«

Longren hörte ihr gespannt zu. Er stellte sich vor, wie

seine Tochter im Gedränge vor der Theke stand, sah die Berge von teurem Spielzeug, den Geschäftsführer, der an seiner Brille rückte und ihr erklärte, daß er seinen Laden zumachen könne, wenn er mit diesem Klimbim von Assol Geschäfte machen wolle.

Assol begann den Tisch für das Abendbrot zu decken. Sie beendete ihren Bericht und erzählte, wie der Geschäftsführer auf das technische Spielzeug und die Lehrspiele verwiesen habe. Das sei es, was man heute brauche. Die Kinder würden eben nur die Erwachsenen in ihren Spielen nachahmen. Sie habe es auch in dem anderen Spielzeugladen versucht, aber ohne Erfolg.

Longren aß, trank eine Tasse schwarzen Kaffee und sagte schließlich: »Es scheint, ich muß mir eine andere Arbeit suchen. Vielleicht gehe ich wieder als Matrose auf ein Schiff, auf die ›Palermo‹ oder die ›Schwalbe‹.« Er strich sich über die Stirn. »Sie haben natürlich recht«, fuhr er nachdenklich fort und dachte an sein Spielzeug. »Kinder spielen überhaupt nicht mehr, sie lernen. Sie lernen und lernen und werden niemals anfangen zu leben. Das macht mich traurig, aber es ist so.« Er machte eine kleine Pause. »Könntest du ohne mich leben, wenn ich monatelang auf einem Schiff bin? Ich kann mir gar nicht vorstellen, daß ich dich allein lassen soll. Wir könnten ja auch zusammen eine Stelle annehmen, sagen wir in einem Hotel.«

Doch plötzlich schlug Longren mit der Hand auf den Tisch, daß der zitterte. »Nein«, rief er, »solange ich arbeiten kann, wirst du eine solche Stelle nicht annehmen. Wir haben ja genug Zeit zum Nachdenken.« Er brütete düster vor sich hin.

Assol rückte mit ihrem Schemel dicht an ihn heran. Er merkte, wie sie sich Mühe gab, ihn zu trösten. Beinahe hätte er sie ausgelacht. Aber sein Lachen hätte das Mädchen in Verlegenheit gebracht. Sie strich sein zerzaustes Haar glatt, küßte ihn auf die Spitze seines Schnurrbartes, hielt ihm endlich mit ihren kleinen Fingern die haarigen Ohren zu und sagte: »Jetzt kannst du es ja nicht hören, ich habe dich gern.«

Longren, der still dagesessen hatte, brach nun doch in lautes Gelächter aus.

»Ich dich auch«, sagte er. Er strich dem Mädchen über den Kopf. Dann ging er aus dem Haus ans Ufer und machte sich am Boot zu schaffen.

Assol stand einen Augenblick nachdenklich mitten im Zimmer. Dann begann sie, den Haushalt zu versorgen. Sie spülte und stellte das Geschirr weg. Zuletzt schaute sie in den Schrank und sah nach, was ihnen noch an Lebensmitteln geblieben war. Sie wog sie nicht und maß sie nicht, aber auf einen Blick war zu sehen, daß das Mehl bis zum Ende der Woche kaum reichen würde. In der Blechbüchse mit dem Zucker schimmerte schon der Boden durch. Die Tüten mit Tee und Kaffee waren leer, die Butter war ausgegangen, das einzige, was noch reichlich vorhanden war, war ein Sack voll Kartoffeln.

Assol setzte sich ans Fenster. Sie hatte sich einen Rock aus alten Kleidern genäht, an dem sie eine Rüsche befestigen wollte. Ihr fiel ein, daß sie den Flicken für diese Rüsche hinter den Spiegel gesteckt hatte. Sie zog den zusammengerollten Stoff hervor. Ihr Blick fiel auf das Spiegelbild.

In dem Rahmen aus Nußbaumholz stand ein schlankes, nicht sehr großes Mädchen. Es trug ein Musselinkleid mit rosa Blümchen. Bis auf die Schultern reichte ein graues, seidenes Kopftuch. Das Gesicht, halb kindlich noch und sonnenverbrannt, sah ernst aus. Die Augen verstärkten diesen Eindruck. Das Mädchen im Spiegel lächelte Assol an. Es war ein trauriges Lächeln. Assol schaute auf das Bild, als wäre es ihr fremd. Sie drückte ihr Gesicht gegen das Glas, zog die Augen zusammen und strich mit der Hand leise über das Abbild im Glas.

»Ich bin wirklich wie zwei Mädchen«, sagte sie, »zwei Assols. Die eine ist die Tochter des Matrosen, des fingerfertigen Mannes, der Spielzeugmodelle macht; die andere ist die, die manchmal in der Nacht zum Meeresstrand geht, dort auf den Sonnenaufgang wartet und nach einem Schiff mit feuerroten Segeln Ausschau hält.« Sie lachte. »Es würde mir schwerfallen, dieses Märchen zu vergessen.« Sie strich sich über die schlanken Hüften. »Kein Wunder, daß sie in Kaperna sagen, ich sei verrückt oder hätte nicht alle Tassen im Schrank.«

Sie ging wieder zu ihrer Näharbeit. Tatsächlich waren Frauen wie sie in Kaperna nicht sehr beliebt. Die Männer von Kaperna schwärmten für stämmige, schwere Frauen mit weißer Haut, dicken Waden und mächtigen Armen. Solchen Mädchen zeigten sie ihre Liebe, indem sie ihnen mit der flachen Hand auf den Hintern schlugen.

In diesem Konzert war Assol wie eine kleine Geige, die versucht, eine Soldatentrompete zu übertönen.

Assol hatte die Rüsche befestigt und biß den Faden ab. Das Fadenende vernähte sie mechanisch. Die Naht war so sauber, daß eine Maschine sie nicht besser genäht haben könnte.

Longren blieb lange aus, aber das beunruhigte sie nicht. In der letzten Zeit ruderte er oft des Nachts zum

Fischen hinaus oder ließ sich einfach den Wind durch die Kleider wehen. Sie hatte keine Angst. Irgendwie wußte sie, daß ihm nichts Schlimmes passieren würde.

Assol glich einem kleinen Mädchen, das auf kindliche Art und Weise betete, indem sie am Morgen »Guten Tag, lieber Gott« sagte und am Abend: »Ich danke dir schön für den Tag.« Sie vertraute darauf, daß solch kurze Begegnungen mit Gott genügen würden, um alles Unheil von ihr fernzuhalten.

Sie hatte Verständnis für den, der tagaus, tagein die Bitten und Wünsche der vielen Millionen Menschen hören mußte. Niemals bat sie ihn darum, daß er die kleinen Sorgen und Nöte von ihr nehme. Sie fühlte sich vielmehr wie ein Gast, der in ein Haus kam, das voller Besucher war. Sie setzte sich in eine Ecke des Hauses und wartete geduldig darauf, bis der Gastgeber Zeit für sie hatte.

Assol legte den Rock auf den Nähtisch und ging zu Bett. Doch sie konnte nicht einschlafen. Tausend Gedanken kamen ihr in den Sinn. Sie hörte ihr Herz schlagen, schnell, wie das Ticken einer Taschenuhr. Assol ärgerte sich darüber, drehte sich um, warf das Oberbett weg und grub den Kopf in das Kissen.

Endlich gelang es ihr, sich ein Bild vorzustellen, das ihr schon oft beim Einschlafen geholfen hatte. Sie warf in Gedanken Steine in ein klares Wasser und beobachtete, wie sich die Wellenkreise ausbreiteten. Die Kreise schlugen mit einem leisen Rauschen ans Ufer, und Assol schlief ein.

Träume zogen durch ihren Schlaf, Träume von blühenden Bäumen. Sie hörte schöne Lieder, sie sah das Glänzen des blauen Wassers und verweilte lange in einem phantastischen Land. Schließlich erwachte sie. Einen

Augenblick lang wußte sie nicht, wo sie war, und sie betrachtete die Stube wie einen fremden Raum.

Die ersten Schimmer der Dämmerung drangen ein. Die untere Hälfte des Fensters war noch schwarz, aber der obere Teil hellte sich allmählich auf. Am Rande des Fensterrahmens blitzte der Morgenstern. Assol wußte, jetzt war es mit dem Schlaf vorbei. Sie zog sich an, trat ans Fenster und öffnete es. Die Nacht war klar und still. In der blauen Dämmerung duckten sich die Sträucher, und etwas weiter schliefen die Bäume.

Sie umfing den Fensterrahmen mit den Armen und schaute lange hinaus. Plötzlich war es ihr, als ob irgend jemand zu ihr spräche. Sie band ein Kopftuch um, verschloß die Tür und sprang barfuß den Weg entlang.

Der Staub kitzelte unter ihren bloßen Füßen. Die Luft drang kühl und prickelnd in ihre Lungen. Im dämmerigen Lichtstreifen des Horizonts standen dunkel die Dächer und Zäune und Bäume der Obstgärten. Alles schien mit offenen Augen zu schlafen. Sie beeilte sich und ließ das Dorf hinter sich. Gleich hinter Kaperna breitete sich das Wasser aus. Erst kam die Wiese. Am Uferhügel und am Abgrund wuchsen einige Nußbäume und Kastanien. Der Weg endete in einem schmalen Pfad.

Ein flauschiger, schwarzer Köter mit einer weißen Brust sprang ihr entgegen. Assol kannte ihn. Er winselte um sie herum, der ganze Körper wedelte, und er sprang an ihr hoch. Schließlich schlug er mit dem Schwanz und lief vor ihr her, setzte sich und kratzte wütend mit der Pfote hinter dem Ohr. Sein ewiger Feind, der Floh, hatte ihn gebissen. Als Assol ihn nicht weiter beachtete, trottete er wieder zurück.

Assol lief durch das hohe Gras. Der Tau spritzte. Mit

den Handflächen streichelte sie die Rispen der Halme und freute sich über die weiche Berührung. Sie überraschte einen struppigen Igel, der ein erschrecktes Pfeifen ausstieß, das wie »Pfui, pfui« klang, und gelangte an ihren Lieblingsplatz.

Große, alte Bäume standen hier, darunter Geißblatt und Nußgesträuch. Mächtig streckten die Kastanien ihre Kronen in den Himmel, und wie weiße Zapfen standen ihre Blüten. Der Blütenduft mischte sich mit dem herben Geruch des Harzes.

Hier fühlte sich Assol wie zu Hause. Die Blätter streichelten das Mädchen. Sie schob die Zweige zur Seite und gelangte zum Rand des Abgrunds. Das Meer schien noch zu schlafen. Ein goldener Faden lag über dem Horizont. Die Wellen leckten über das Ufer und flossen wieder zurück. Das Wasser hatte die Farben des Stahls, tiefblau und schwarz.

Hinter dem Lichtstreifen am Himmel loderten wie ein riesengroßer Fächer die ersten Strahlen der Sonne auf. Kleine weiße Wolken wurden von einer zarten Röte überhaucht. Auf dem schwarzen Meeresmantel bewegte sich flackernd das Licht. Der weiße Schaum glänzte auf, dann stieg flammend rot die Sonne aus dem Meer. Ein Schiff tauchte wie ein Scherenschnitt am Horizont auf. Es hielt genau auf das Ufer zu. Inzwischen zog die Sonne höher und höher. Ihr Licht wurde hell und verjagte die Schatten.

Assol gähnte. Sie streckte sich ins Gras, schloß die Augen und schlief tief und fest einen Schlaf ohne Sorgen, ohne Träume. Eine Fliege weckte sie, die über ihre nackte Fußsohle kroch. Ihr Bein zuckte. Schließlich setzte sie sich auf und strich sich das Haar aus der Stirn.

Sie spürte den Ring, den Grey ihr an den Finger gesteckt hatte. Erst dachte sie, es sei ein Grashalm zwischen ihren Fingern. Aber dann fiel ihr Blick auf den goldenen Reif. Sie schoß hoch. Der Ring strahlte auf. »Was ist das für ein Ring! Was ist das für ein Ring!« schrie sie laut. »Träume ich?«

Sie schaute rundum, aber niemand verbarg sich hinter den Sträuchern. Alles lag still. Sie konnte sich nicht erklären, wie der Ring an ihren Finger gekommen war. Sie streifte ihn ab, legte ihn auf die Handfläche und hielt ihn so vorsichtig, als trüge sie einen Tropfen Wasser. Endlich verbarg sie ihn in ihrem Mieder. Ein Lächeln des Glücks huschte über ihr Gesicht.

Langsam ging sie den Weg zum Dorf zurück.

»Das war Zufall«, sagen die klugen Leute, die lesen und schreiben können. »Das war Zufall, wie sich Grey und Assol hier an jenem Sommermorgen begegneten.«

Grey stand hinten auf dem Deck seines Schiffes, unbeweglich, und rieb sich mit der Hand über die Stirn. Er fühlte sich wie ein Mondsüchtiger, der von einem Spaziergang zurückkehrt. Sein Steuermann Panten kam näher. Vor sich her trug er einen Teller mit Bratfisch. Sein Blick fiel auf Grey, und er bemerkte den seltsamen Zustand des Kapitäns.

»Haben Sie sich verletzt?« fragte er halblaut. »Wo sind Sie nur gewesen? Aber das ist natürlich Ihre Sache.«

Grey schwieg.

„Wir haben eine Fracht angeboten bekommen«, fuhr

Panten fort, »eine wertvolle Fracht, die uns einen guten Gewinn bringt.« Aber auch darauf ging Grey nicht ein.

»Was ist mit Ihnen los?« fragte der Steuermann.

Grey blickte ihn endlich an und antwortete: »Es ist alles klug und richtig, was Sie sagen, Panten, aber Ihre Stimme ist für mich wie eine kalte Dusche. Panten, sagen Sie der Mannschaft, daß wir heute noch den Anker lichten und die Mündung des Lilianastroms hinaufsegeln. Zehn Meilen weit. Der Liliana führt wenig Wasser, aber in die Mündung kann man vom Meer aus hineinkommen. Nehmen Sie sich die Karte und einen Lotsen. Das ist vorläufig alles.«

»Und die gute Fracht?«

»Sie ist mir soviel wert wie der Schnee des vorigen Jahres. Das können Sie dem Schiffsmakler mitteilen. Ich gehe in die Stadt und bleibe bis zum Abend.«

Panten schaute den Kapitän fassungslos an.

»Was ist los?« fragte er.

»Was geschehen ist? Überhaupt nichts, Panten. Ich will, daß Sie meine Befehle zur Kenntnis nehmen und keine Fragen stellen. Wenn der rechte Zeitpunkt kommt, sage ich Ihnen schon, was los ist. Erklären Sie der Mannschaft, daß Reparaturarbeiten vorgesehen sind und daß ich dort ins Dock fahren kann.«

»In Ordnung«, sagte Panten, »wird alles gemacht.«

Obwohl die Anordnungen des Kapitäns sinnvoll schienen, machte der Steuermann doch große Augen und rannte beunruhigt mit seinem Bratfisch in die Kajüte. Er brummelte vor sich hin: »Panten, laß dich nicht verrückt machen. Laß dich nur nicht verrückt machen! Will der Kapitän unter die Schmuggler gehen, hat er vor, ein Seeräuber zu werden?« Seine Gedanken verloren sich in den abenteuerlichsten Vermutungen.

Nervös kaute er auf seinem Bratfisch herum.

Grey stieg indessen in seine Kajüte hinunter, nahm Geld aus der Kassette und ließ sich zum Geschäftsviertel von Liss hinüberrudern.

Er hatte eine Entscheidung gefällt. Sein Plan lag bis in die kleinsten Kleinigkeiten fest.

Grey suchte drei Läden auf. Er hatte eine klare Vorstellung von dem Stoff, den er kaufen wollte, von seinem Farbton und von seiner Schattierung. In den ersten beiden Läden zeigte man ihm die verschiedensten Seiden, aber die grellen Farben befriedigten ihn nicht. Im dritten Laden fand er eine Fülle von Stoffen und Mustern. Der Ladeninhaber lief geschäftig hin und her und legte die Stoffballen auf den Tisch.

Grey betrachtete sie ernst, ließ einige Bahnen ausrollen, trug sie ins Licht, und schließlich war der Ladentisch übervoll mit den verschiedensten Rotfarben. Eine Welle von Purpur breitete sich aus bis an die Spitzen seiner Stiefel, und der Widerschein der Farbe glänzte rosa auf Gesicht und Armen.

Er prüfte die Seide zwischen den Fingern und hielt die Farben nebeneinander: Ziegelrot, Blaßrot, helles Rot und dunkles Rosa, Kirschrot, Orange, Dunkelrot, Weinrot, Purpur, alle Schattierungen der Rotfamilie schienen vertreten zu sein, und alle hätten sie das Urteil: großartig, vollkommen, wunderschön verdient. Die feuerrote Farbe jedoch, die der Kapitän suchte, hatte er noch nicht gefunden. Das, was der Ladeninhaber heranschleppte, war zwar gut, aber Grey konnte sich nicht zum Kauf entschließen.

Endlich fiel sein Blick auf eine dicke Stoffrolle. Er setzte sich in den Sessel am Fenster und zog die Stoffbahn hinter sich her, warf sie über sein Knie, zündete sich seine Pfeife an und blickte lange auf den Stoff. Diese reine Farbe hatte das feurige Rot der aufgehenden Sonne. Es war die Farbe, die Grey suchte. Da gab es keine verwaschenen Schattierungen. Sie war anders als die Farbe der Mohnblätter, weder Violett noch Lila spielten hinein. Grey fand nichts, was er an dem Feuerrot aussetzen konnte.

Hinter Grey stand der Verkäufer, und in seinem Blick lag die Spannung des Jagdhundes, der das Wild erblickt. Schließlich wurde der Händler ungeduldig und weckte Grey aus seinen Gedanken, indem er ein Stückchen von einer Stoffbahn abriß.

»Genug«, sagte Grey, »keine anderen Stoffe mehr. Diese Seide kaufe ich.«

»Die ganze Rolle?« fragte der Händler zweifelnd.

Grey schien durch ihn hindurchzusehen.

Der Händler sprach etwas lauter. »Gut«, sagte er, »diesen Stoff, aber wieviel Meter?«

Grey ließ sich Zeit mit der Antwort. Er nickte und malte schließlich mit einem Bleistift die notwendige Meterzahl auf ein Blatt Papier: zweitausend Meter. Er schaute suchend in den Regalen umher. »Ja«, sagte er, »nicht mehr als zweitausend Meter.«

»Zwei . . .« stotterte der Händler. Es verschlug ihm die Sprache. Er sprang auf. »Zweitausend Meter? Ich bitte Sie, setzen Sie sich hin, Kapitän, hier sind Streichhölzer, zünden Sie sich Ihren guten Tabak an, ich bitte Sie, zweitausend Meter, zweitausend Meter zu . . .« Er nannte eine Summe, die sich wohl zu dem wirklichen Preis ebenso verhielt wie ein einfaches Ja zu einem feierlichen Schwur.

Aber Grey war's zufrieden. Er wollte nicht feilschen.

»Phantastische Seide«, fuhr der Ladeninhaber fort, »sie

ist mit nichts zu vergleichen, die finden Sie sonst nirgends.« Und er redete sich richtig in Begeisterung.

Grey verabredete mit ihm die Lieferung und bezahlte die Rechnung.

Der Ladeninhaber begleitete ihn zur Tür, als wäre Grey der Kaiser von China.

Auf der anderen Straßenseite stimmte ein Straßenmusiker eine Kniegeige, strich mit dem Violinbogen über die Saiten, und ein voller Klang tönte auf. Bei ihm war ein Flötenspieler, der ein helles Liedchen in den Morgen hineinpfiff. Die Melodie erreichte Greys Ohr. Er wußte sogleich, was er tun mußte. Er schritt über die Straße und trat auf die Musikanten zu.

Der Flötenspieler dankte mit einer Handbewegung den Frauen, die ihm durch die geöffneten Fenster einige Münzen zuwarfen. Der Geiger nahm sein Instrument unter den Arm, wischte den Schweiß von der Stirn und wollte weitergehen.

»Nanu«, rief Grey ihm zu, »bist du nicht der Zimmer?« Er erkannte den Geiger, der die Gäste abends in der Schenke »Zum goldenen Faß« unterhielt. »Gehst du mit deiner Geige auf Wanderschaft?«

»Verehrter Kapitän«, entgegnete Zimmer, »ich spiele alles und überall. In meinen jungen Jahren war ich sogar ein Musikclown. Ich lebe für die Kunst. Es ist eine Schande, daß meine Begabung verkommen ist. Ich spiele die kleine Geige und die Kniegeige. Die Kniegeige spiele ich am Tage, die kleine Geige am Abend. Ich könnte heulen, wenn ich daran denke, was aus mir hätte werden können. Wollen Sie mir nicht ein Glas Wein spendieren? In meiner Kniegeige steckt Frau Musica selbst.«

»Und was steckt in meiner Flöte?« fragte der Flöten-

spieler, der inzwischen das Geld aufgelesen hatte. Er war ein großer Kerl mit blauen Hammelaugen und einem kurzen, blonden Bart.

»Es kommt ganz darauf an«, anwortete der Geiger, »wieviel du am frühen Morgen getrunken hast. Manchmal steckt in deiner Flöte ein Singvogel, manchmal nur betrunkenes Gedudel.« Er wandte sich an Grey: »Kapitän, das ist mein Kamerad Duss. Ich habe ihm schon von Ihnen erzählt, wie freigebig Sie sind, wenn Sie einen getrunken haben, und er ist geradewegs in Sie verliebt.«

»Ja«, bestätigte Duss, »für Freigebigkeit habe ich etwas übrig.«

»Paßt auf!« sagte Grey. »Ich habe wenig Zeit und noch allerhand vor. Ihr könntet euch etwas verdienen. Stellt ein Orchester zusammen, aber nicht so eines, das nur Lärm macht. Nein, sammelt solche Musiker, wie ihr selbst welche seid, Straßenmusikanten eben. Die passen zum Meer und zu der Liebe. Ich würde jetzt gern mit euch in der Schenke sitzen, und es sollte mir auf eine Flasche nicht ankommen. Aber ich muß gehen. Ich habe viel zu tun.« Er gab ihnen ein Geldstück und fuhr fort: »Trinkt schon mal auf den Buchstaben A, und wenn euch mein Vorschlag gefällt, dann kommt am Abend auf mein Schiff. Es liegt nicht weit vom Kopfdamm entfernt.«

»Gemacht!« rief Zimmer, denn er wußte, daß Grey wie ein Zar bezahlte.

Duss verbeugte sich tief und rief: »Ich sage ja, und ich drehe meinen Hut vor Freude. Ich vermute, der Kapitän will heiraten.«

»So ist es«, gab Grey zu.

Duss hielt seinen Hut auf und sagte: »Im Alphabet gibt

es eine Menge Buchstaben, geben Sie uns doch bitte noch etwas, damit wir auf das B trinken können.«

Grey warf ihm noch ein Geldstück in den Hut. Die Musiker gingen. Grey begab sich in einen Laden für Schiffsausrüstungen. Er erteilte einige große Aufträge und verlangte, daß noch an diesem Tag alles geliefert sein müsse.

Kaum war er auf sein Schiff zurückgekehrt, da trafen schon die ersten Gegenstände ein. Am Abend brachte man dann auch die Seide in fünf kleinen Booten.

Der Kundschafter Letika war noch immer nicht zurückgekehrt. Auch von den Musikern konnte man nichts erblicken. Grey stand an der Reling und wartete ungeduldig auf sie.

Es muß hier berichtet werden, daß Grey schon jahrelang mit derselben Besatzung über die Meere fuhr. Oft schon hatte er die Matrosen mit seinen Einfällen in Erstaunen versetzt. Er durchsegelte ungewöhnliche Meeresstraßen, steuerte fremde Häfen an, blieb manchmal wochenlang in irgendeinem Nest, wo kein Handel getrieben wurde und wo kaum ein Schiff Anker warf. Gelegentlich segelte der Kapitän nur mit dem Ballast und verzichtete auf jede Ladung, weil ihm die angebotene Ware nicht gefiel.

Niemand konnte ihn dazu überreden, Seife, Nägel oder Maschinenteile in den Laderäumen zu verstauen. Dagegen war er immer mit Obst, Porzellan, Tieren, Gewürzen, Tee, Tabaken, Kaffee, Seide, wertvollen Hölzern, zum Beispiel mit dem schwarzen Ebenholz, mit duftendem Sandelholz oder Palmenholz einverstanden. Das waren Gegenstände, die seinem Geschmack entsprachen.

Es war also kein Wunder, daß die Besatzung der

»Geheimnis« ein wenig von oben herab auf all die anderen Schiffe schaute, die bei den Ladungen nur nach dem Gewinn fragten.

Diesmal aber rätselte selbst der stumpfsinnigste Matrose daran herum, was das alles zu bedeuten hatte; denn daß es sich nicht lohnte, in der Mündung eines Flusses ein Schiff reparieren zu lassen, das wußten alle. Der Steuermann hatte ihnen die Befehle des Kapitäns weitergegeben.

Grey trat in die Steuermannskajüte. Panten wanderte unruhig hin und her. Er paffte an seiner sechsten Zigarre. Blaue Qualmwolken hingen schwer unter der Decke. Der Abend brach herein. Durch das geöffnete Kajütenfenster fiel ein goldener Lichtstrahl, und der blanke Mützenschirm des Kapitäns flammte darin auf.

»Es ist alles fertig«, sagte Panten finster. »Wenn Sie wollen, können wir den Anker lichten.«

»Sie sollten mich doch kennen, Panten«, antwortete Grey und versuchte den Steuermann zu beruhigen. »Es gibt hier kein Geheimnis. Sobald wir den Anker in die Mündung des Flusses geworfen haben, werden Sie alles erfahren. Geben Sie nicht so viele Streichhölzer aus für schlechte Zigarren. Lassen Sie den Anker lichten.«

Der Steuermann kratzte seine Augenbraue und ging zur Tür.

»Schon möglich, schon möglich«, brummte er, »ich sage ja gar nichts.«

Grey blieb noch einige Zeit sitzen, starrte auf die halbgeöffnete Tür und schritt dann zu seiner Kajüte hinüber. Bald setzte er sich, bald legte er sich, bald ging er nach hinten. Er horchte auf das Rasseln der Ankerkette, brütete wieder in Gedanken und zeichnete mit dem Finger Figuren auf den Tisch. Ein harter Schlag gegen die Tür schreckte ihn auf. Er drückte die Klinke herunter, und herein trat Letika.

Der Matrose war völlig außer Atem und sah aus wie ein Bote, der im letzten Augenblick eine Hinrichtung verhindert hat.

»Jetzt aber schnell, Letika, habe ich mir gesagt, als ich von der Mole aus sah, daß unsere Kerle die Anker lichten wollten«, stieß er hervor. »Nun, Kapitän, wollten Sie mich etwa am Ufer lassen? Ich habe vor Aufregung geschwitzt.«

»Letika«, antwortete Grey, »ich habe dich erst morgen früh erwartet. Gieß dir kaltes Wasser über den Kopf, dann wird dir wieder besser werden. Hast du etwas erfahren?«

»Ich habe alles erfahren«, prahlte Letika.

»Dann erzähle.«

»Das kann man überhaupt nicht alles behalten, Kapitän. Ich habe ein Protokoll geschrieben. Nehmen Sie es, und lesen Sie es. Ich habe mir große Mühe gegeben, sehr große Mühe.« Grey griff nach den Blättern.

»Ich will lieber verschwinden und mir das Wasser über den Kopf gießen«, murmelte Letika. Er drehte sich um und ging mit wankenden Schritten aus dem Raum.

Grey lachte, denn Letikas Schrift sah aus, als hätte er Latten eines lockeren Zauns auf das Blatt gemalt.

Dann las er: »Laut Befehl nach fünf Uhr durch die Straßen spaziert. Das Haus hat ein graues Dach, an jeder Seite zwei Fenster, davor ein Gemüsegarten. Das bestimmte Mädchen trat zweimal heraus, einmal holte es Wasser, das zweitemal Späne für das Feuer. In der Morgendämmerung versuchte ich durch das Fenster zu spähen. Nichts gesehen. Dichte Vorhänge.«

Dann folgte ein langatmiger Bericht über die Lebensweise von Longren und Assol, der deutlich den Klatsch des Dorfes widerspiegelte.

Darunter hatte Letika mit dicker Schrift geschrieben: »Alle notwendigen Ausgaben (Wirtshaus usw.) aus meiner Tasche vorgestreckt.«

Grey legte die Blätter auf den Tisch und rief nach der Wache.

Der Matrose trat herein.

»Schick mir den Steuermann her«, sagte der Kapitän. Aber statt des Steuermanns Panten erschien der Lotse Atwud, der gerade seine Ärmel herunterkrempelte.

»Wir haben das Schiff vertäut«, sagte er. »Der Steuermann läßt fragen, was Sie wollen. Er ist beschäftigt. Leute mit Trommeln, Geigen, Flöten und Rohren haben ihn überfallen. Haben Sie die auf das Schiff eingeladen? Der Steuermann bittet Sie, heraufzukommen. Er sagt, ihm brumme schon der Kopf.«

»Ich komme, Atwud«, sagte Grey, »die Musiker sind von mir eingeladen. Sagen Sie ihnen, sie sollen sich vorläufig in das Zwischendeck begeben. Wir werden überlegen, wo sie sich später aufstellen können. In einer Viertelstunde soll sich die Besatzung an Deck versammeln. Lassen Sie alle zusammenkommen. Auch Ihnen und dem Steuermann habe ich etwas zu sagen.«

Atwud zog die linke Augenbraue hoch und ging hinaus. Ungefähr zehn Minuten blieb Grey am Tisch sitzen und verbarg das Gesicht in den Händen. Er bereitete sich nicht vor, er machte sich keine Aufzeichnungen.

An Deck wurde er schon ungeduldig und neugierig erwartet. Die wildesten Gerüchte kamen auf. Endlich trat er hinaus. Auf den Gesichtern der Matrosen lag eine ungeheure Spannung. Grey konnte das nicht verstehen und wurde ein wenig ärgerlich.

»Es gibt nichts Besonderes«, sagte er und setzte sich auf die oberen Sprossen einer Leiter. »Wir ankern hier in der Flußmündung und tauschen das gesamte Takelwerk aus. Ihr habt gesehen, es ist viel rote Seide gebracht worden. Der Segelmacher übernimmt das Kommando. Unter seiner Leitung werden für unser Schiff neue Segel genäht. Dann werden wir losfahren. Aber wohin – das verrate ich noch nicht. Jedenfalls segeln wir nicht weit. Eine Frau ist das Ziel. Sie ist noch nicht meine Frau, aber sie wird es sein. Ich brauche die feuerroten Segel, damit man uns von weitem sieht. Sie sollen ein Zeichen sein. Das ist alles. Ihr seht, nichts Geheimnisvolles. Und nun Schluß, geht an die Arbeit.«

»Na los!« sagte Atwud und scheuchte die verblüfften Matrosen auf. »Der Kapitän weiß schon, was er macht. Außerdem werden wir uns kein Urteil über den Kapitän erlauben. Nicht wahr, Kapitän? So wie Sie es befehlen, so wird es sein. Übrigens, ich gratuliere Ihnen.«

„Danke«, antwortete Grey und drückte die Hand des Lotsen mit aller Kraft. Aber der antwortete mit einem so festen Händedruck, daß der Kapitän schließlich lockerließ.

Einer nach dem andern kam heran, blickte dem Kapitän verlegen ins Gesicht und brummte eine Gratulation vor sich hin. Niemand schrie »Juche«, niemand machte Lärm. Sie fühlten, daß etwas nicht Alltägliches vorging. Der Steuermann war erleichtert, und der Schiffszimmermann fragte: »Wie kam das mit der Liebe, Kapitän?«

»Wie ein Schlag mit einer Axt«, antwortete Grey gutge-
launt. »Los jetzt, an die Arbeit!«

Der Geigenspieler kam aus dem Zwischendeck herauf
und mit ihm eine Anzahl zerlumpter Gestalten.

Er stellte sie dem Kapitän vor.

»Dieser hier«, sagte er, „bläst die Posaune. Er spielt sie
nicht, nein, wenn er bläst, ist das wie ein Schuß aus der
Kanone. Die beiden bartlosen Bürschchen sind die
Trompeter. Sobald sie zu spielen beginnen, zuckt es
einem in den Beinen. Dann kommen die Klarinette, das
Kornett und die zweite Geige. Sie alle sind große Kön-
ner. Und dazu kommt noch der Chef unserer Künstler-
schar, der Trommler Friedrich. Gewöhnlich sind die
Trommler tranige Burschen. Aber dieser schlägt das
Kalbfell mit Begeisterung. Was sagen Sie zu den Musikanten, Kapitän?«

»Einverstanden«, antwortete Grey. »Ihr findet eure
Plätze unter Deck. Die Laderäume haben diesmal leise
und laute, schnelle und langsame Melodien geladen.
Geht auseinander! Steuermann, die Taue los! In zwei
Stunden übernehme ich das Kommando.«

Nun ging ihm alles nicht schnell genug. Zwar blieb er
äußerlich ruhig, aber er konnte seine Erregung nur
dämpfen, indem er in Gedanken zu zählen begann.
Eins, zwei, drei – bis tausend. Allmählich wurde er
ruhiger. Endlich lachte er über sich selbst und ging auf
die Brücke, um Panten abzulösen.

Es war inzwischen dunkel geworden. Der Steuermann
stand, den Kragen hochgeschlagen, am Kompaß und
befahl: »Zwei Strich nach links, vier Strich rechts, halt,
noch einen Strich.«

Die »Geheimnis« schwamm unter halben Segeln bei
flauem Wind.

»Wissen Sie«, sagte Panten listig zu Grey, »jetzt bin ich zufrieden.«

»Womit? Womit sind Sie zufrieden?« fragte Grey.

»Ich habe endlich alles verstanden, hier auf der Brücke ist es mir eingefallen.« Panten zwinkerte, zündete seine Pfeife an und paffte genüßlich vor sich hin.

»Was wollen Sie denn verstanden haben?« fragte Grey.

»Stellen Sie sich nicht dumm, Kapitän. Dies ist die beste Art und Weise, Schmuggelwaren über die Grenzen zu führen. Jeder kann die Segel aufziehen, die er will. Sie haben einen genialen Kopf, Kapitän. Auf diese Weise hat noch niemand feuerrote Seide geschmuggelt.«

»Der schlaue Panten«, antwortete Grey. Er wußte nicht, ob er sich ärgern oder ob er lachen sollte. »Ihr Einfall, Steuermann, ist witzig, vielleicht sogar geistreich, aber er trifft nicht zu. Gehen Sie schlafen. Ich gebe Ihnen mein Wort, Sie irren sich. Ich mache genau das, was ich gesagt habe.«

Panten zog davon. Grey überprüfte den Kurs und gab mit halblauter Stimme seine Anweisungen.

Longren blieb die ganze Nacht auf dem Meer. Er schlief nicht, er fischte nicht. Er segelte planlos umher, horchte auf das Plätschern des Wassers, starrte in die Dunkelheit und ließ sich den Wind um die Nase wehen. Wenn sein Kopf voll düsterer Gedanken war, half ihm nichts besser als dieses einsame Umherirren. Stille und weit und breit kein Mensch, das

liebte er; dann kamen ihm Einfälle, die seine Grübe-
leien vertrieben.

In dieser Nacht dachte er über seine Zukunft nach.
Seine Armut bedrückte ihn, und er fragte sich, was aus
Assol werden sollte. Er konnte sich nicht vorstellen,
wieder zur See zu fahren und sie zu verlassen. Auch
fürchtete er das Alleinsein. Auf dem weiten Meer
würde er sich einbilden, daß in Kaperna seine Frau auf
ihn warte, und jedesmal, wenn sein Schiff im Heimathafen landete, blieb nichts als Enttäuschung. Nina
würde nie mehr aus der Tür ihres Hauses treten. Er
mußte einen anderen Ausweg finden. Schließlich faßte
er einen Entschluß.

Als er das Haus betrat, war Assol noch nicht heimge-
kommen. Er kannte ihre Vorliebe für Spaziergänge in
der Morgendämmerung, und er ängstigte sich nicht.
Dennoch wartete er diesmal ungeduldig auf ihre Rückkehr und ging ruhelos von einer Ecke in die andere.

Endlich sah er sie über die Straße kommen. Sie trat
rasch und mit leisem Schritt in die Stube, blieb schwei-
gend vor Longren stehen und starrte ihren Vater so
sonderbar an, daß er fragte: »Bist du krank?«

Sie antwortete nicht gleich. Dann aber schien sie den
Sinn seiner Frage verstanden zu haben und brach in
Lachen aus. Was sollte sie dem Vater sagen? Endlich
antwortete sie: »Ich bin gesund wie ein Fisch im Wasser. Warum starrst du mich so an? Ich bin fröhlich,
weißt du, es ist ein schöner Tag heute.« Sie setzte sich.

»Und was hast du beschlossen? Ich sehe es dir schon
am Gesicht an, du hast etwas vor.«

»Was soll ich schon vorhaben«, sagte Longren und
setzte sich dicht neben Assol. »Du wirst mich schon
verstehen. Wir haben keinen Pfennig Geld und können

so nicht weiterleben. Auf lange Seereisen will ich nicht mehr gehen, aber ich denke, ich werde auf dem Postschiff arbeiten, das zwischen Kasset und Liss hin und her fährt.«

»So«, sagte sie und versuchte aufmerksam seinem Plan zu lauschen. Aber sie spürte verwundert, daß ihr das nicht gelang. »Das ist nicht besonders gut. Ich werde mich langweilen, wenn du fort bist.« Dabei lächelte sie auf eigentümliche Weise.

»Assol«, fragte Longren, »was ist mit dir?« Er nahm ihr Gesicht zwischen seine Hände und drehte es zu sich. »Wo bist du gewesen?«

Sie wollte ihn beruhigen. »Frage nicht so«, sagte sie, »es ist ganz und gar nichts. Ich habe Nüsse gesammelt.«

Vielleicht hätte Longren ihr sonst nicht geglaubt, aber er war vollauf mit seinem neuen Plan beschäftigt. Ausführlich schilderte er der Tochter, wie ihr neues Leben aussehen sollte.

Er ließ sich seinen Seesack packen, zählte alle Sachen auf, die er mitnehmen wollte, und gab Assol für die kommenden Tage tausend Ratschläge.

»In zehn Tagen ungefähr werde ich zurück sein. Lade meine Flinte, und geh nicht unnötig aus dem Haus. Wenn jemand etwas von dir will, dann sage ihm nur: ›Mein Vater kommt bald zurück.‹ Du brauchst keine Angst zu haben oder dir Sorgen zu machen. Ich komme schon zurück. Es wird nichts Schlimmes passieren.«

Sie frühstückten. Schließlich hob er seinen Sack auf die Schulter, verabschiedete sich und schlug den Weg zur Stadt hin ein. Assol winkte ihm nach, bis er hinter der Wegkrümmung verschwunden war.

Dann ging sie ins Haus zurück.

Sie hätte viel zu tun gehabt, faßte aber nichts an. Mit einer leichten Verwunderung schaute sie sich in der Stube um, als ob ihr das Haus schon fremd wäre, das Haus, in dem sie ihre ganze Kindheit verbracht hatte. Es kam ihr vor, als sei sie nach langen Jahren der Abwesenheit einmal wieder zu Besuch gekommen. Schließlich versuchte sie, diese Gedanken zu verscheuchen. Sie setzte sich an Longrens Arbeitstisch und machte sich daran, ein Steuerruder an das Oberdeck eines Modellschiffes zu kleben. Sie schaute sich die halbfertigen Modelle an, und sie kamen ihr wie große und echte Schiffe vor.

Alles, was am Morgen geschehen war, fiel ihr wieder ein. Sie legte den goldenen Ring auf den Tisch, und er leuchtete wie die strahlende Morgensonne über dem Meer. Mit einem Mal wurde ihr das Haus zu eng, und sie machte sich auf den Weg nach Liss. Es gab dort nichts für sie zu tun, und sie wußte auch nicht recht, warum sie hinging. Aber sie ging doch.

Unterwegs begegnete sie einem Mann, der nach dem Weg fragte. Sie erklärte ihm kurz, wohin er zu gehen habe, und vergaß ihn sofort. Sie lief den weiten Weg, als ob sie einen kleinen Vogel in der Hand trüge, vorsichtig und zärtlich.

Über den Stadtwall brauste der Verkehr. Vorige Woche hatte ihr das noch Angst eingejagt, jetzt lachte sie darüber. Wie im Traum ging sie im Schatten der Straßenbäume rund um die Stadt. Und es war, als ob sie durch die Menschen hindurchschaute, die ihr begegneten.

Was für ein sonderbares Mädchen, dachte mancher, der sie so nachdenklich durch die Menge schreiten sah. Auf dem Marktplatz hielt sie die Hand unter den Quell des Springbrunnens, und ihre Finger spielten mit dem Wasserstrahl. Schließlich kehrte sie auf einem Waldweg nach Kaperna zurück. Als sie sich dem Dorf näherte, sah sie den Kohlenbrenner, der einmal geglaubt hatte, sein Korb fange an zu blühen. Er stand mit zwei finsteren Gesellen neben seinem Karren. Alle drei waren mit Ruß und Schmutz bedeckt. Assol kannte die beiden nicht.

»Guten Tag, Philipp«, sagte sie. »Was tust du hier?«

»Nichts Besonderes, Käfer«, antwortete er. »Ein Rad ist vom Wagen gesprungen. Ich habe es wieder aufgesetzt. Jetzt rauche ich eine Pfeife, und wir unterhalten uns. Aber woher kommst du?«

Assol beantwortete die Frage nicht, sondern sagte nur: »Weißt du, Philipp, ich kenne dich gut, ich werde dir etwas verraten: Lange bin ich nicht mehr hier in Kaperna. Wahrscheinlich gehe ich für immer fort. Aber erzähle noch niemand davon.«

»Du willst fort?« staunte der Kohlenbrenner. »Wohin willst du denn gehen?« Und sein Mund blieb so weit offen, daß sein Bart ein Stück länger wurde.

»Das weiß ich noch nicht.« Assol schaute sich um. Sie sah die Lichtung und die Ulme vor dem Haus, die im Abendlicht aufglühte, davor die schwarzen, schweigsamen Kohlenbrenner. »Ich weiß nicht einmal, wohin. Mehr kann ich dir nicht sagen. Aber für alle Fälle: Lebe wohl! Und ich danke dir, daß ich so oft auf deinem Wagen sitzen durfte!«

Sie nahm seine große, schwarze Hand und versuchte sie zu schütteln. Das rußige Gesicht des Kohlenbrenners bekam einen rosa Riß von seinem breiten Lächeln. Assol nickte ihm zu, drehte sich um und ging davon.

Philipp und seine Gesellen schüttelten den Kopf. »Sie

ist wie ein Wunder«, sagte der Kohlenbrenner, »wer kann sie schon verstehen? Aber was sie uns heute erzählt hat...«

»Ja, sonderbar«, bestätigte der Geselle. »Man weiß wirklich nicht, ob sie die Wahrheit sagt oder ob sie uns nur faulen Zauber vormacht. Aber was geht's uns an.«

»Ja, ja«, sagte auch der dritte und seufzte. Dann hockten sie sich auf den Karren, und der Wagen verschwand im Staub, den die Räder vom holprigen Weg aufwirbelten.

Der Morgen hatte sich in weiße Kleider gehüllt. Aus dem riesigen Wald hoben sich dünne Nebelschwaden. Ein fremder Jäger löschte sein Nachtfeuer und bewegte sich den Fluß entlang. Durch die Bäume schimmerte ein heller Streifen über dem Strom, aber der Jäger ging nicht zum Ufer, er hatte die frische Spur eines Bären gefunden, der auf dem Weg in die Berge war.

Da erscholl hinter den Bäumen plötzlich das Signal einer wilden Jagd. Der Jäger erkannte den Ton einer Klarinette. Auf Greys Schiff war ein Musiker an Deck getreten und spielte eine fröhliche Melodie. Mit einem Male riß der Ton ab, nur ein fernes Echo wiederholte die letzten Takte.

Der Jäger brach einen Zweig, steckte ihn in die Bärenspur, damit er sie später leicht wiederfinden konnte, und schlich sich ans Ufer. Der Nebel lag noch über dem Wasser. Undeutlich sah er die Umrisse eines großen Schiffes, das sich behäbig in der Flußmündung bewegte. Gerade wurden die Segel entfaltet. Das Stampfen von Schritten und halblaute Stimmen drangen zu ihm herüber. Der Landwind zupfte faul an den Segeln, als ob er das Blasen noch lernen müßte. Endlich durchdrang die Sonne den Nebel, eine Brise kam auf und jagte die Schwaden vor sich her.

Rot strahlten die Segel auf – ein Schiff, voll von Rosen. Rosa Schatten glitten über die Masten und das Tauwerk. Der weiße Schiffsrumpf wurde sichtbar, darüber die geblähten, weit ausgebreiteten Segel in feuerroter Farbe.

Der Jäger blieb starr am Ufer stehen, rieb sich lange die Augen und mußte am Ende glauben, was er sah.

Das Schiff verschwand hinter der Biegung des Flusses, und der Jäger schaute ihm nach, zuckte aber schließlich mit den Achseln und wandte sich wieder der Bärenspur zu.

Solange die »Geheimnis« in der Flußmündung segelte, verließ Grey das Steuer nicht. Zu leicht hätte das Schiff auf eine Sandbank geraten können. Der Steuermann saß neben ihm. Er trug einen neuen blauen Anzug und eine glänzende Mütze, hatte sich frisch rasiert und wirkte wie aufgeblasen. Er sah immer noch keinen Zusammenhang zwischen dem feuerroten Schmuck des Schiffes und dem Plan seines Kapitäns.

»Jetzt schimmert mein Segel rot auf«, sagte Grey. »Der Wind ist gut, und ich bin glücklich wie ein Elefant, der ein weißes Brötchen zugesteckt bekommt. Ich werde versuchen, Ihnen alles zu erklären. Sie haben sicher gedacht, ich halte Sie für dumm oder für stur. Nein, das war nicht der Fall. Sie sind ein guter Seemann, und das will schon etwas heißen. Sie verstehen, was man

Ihnen sagt. Aber hinter den Worten liegt, wie hinter dickem Glas, noch eine andere Wahrheit. Die Wahrheit der Wünsche vom Schönen, vom Unerfüllbaren. Und doch können solche Wünsche Wirklichkeit werden. Bald werden Sie ein Mädchen kennenlernen, das soll auf eine ganz besondere Weise heiraten. Und wie, das will ich Ihnen erzählen.«

Er berichtete dem Steuermann die Geschichte des Liedersammlers und sagte schließlich: »Jetzt komme ich zu dem Mädchen, das auf mich wartet und nur auf mich warten kann. Ich habe in diesen Tagen eine einfache Weisheit begriffen: Die sogenannten Wunder muß man mit den eigenen Händen schaffen.

Wenn es für einen armen Teufel auf ein Fünf-Kopeken-Stück ankommt, dann ist es leicht, ihm dieses Stück zuzustecken. Wenn aber sein Herz ein flammendes Wunder in sich trägt, dann muß man dieses Wunder für ihn Wirklichkeit werden lassen, wenn man es kann. Dann wird er ein ganz anderer Mensch, und du selber wirst auch ein anderer.

Wenn der Direktor eines Gefängnisses mit eigenen Händen einen Gefangenen freiläßt, wenn ein Millionär seinem Sekretär eine Villa, einer Operettensängerin einen Geldschrank schenkt, wenn ein Jockey sein Pferd absichtlich zurückhält, damit das andere, das sonst immer Pech hat, auch einmal gewinnt, dann werden diese Menschen fühlen, was ich meine. Ich kann das nicht mit Worten beschreiben.

Aber es gibt auch andere Wunder, und die sind nicht geringer. Ein gutes Lächeln, ein fröhliches Herz, wenn man verzeiht oder zur rechten Zeit das richtige Wort findet, wer das kann, der besitzt alles. Was mich angeht, so werde ich einen Anfang machen, einen

Anfang für mich und für Assol – einen Anfang mit feuerroten Segeln. Haben Sie mich verstanden, Steuermann?«

»Ja, ja, Kapitän«, hüstelte Panten verlegen und wischte sich seinen Schnurrbart mit einem ordentlich zusammengefalteten Taschentuch. »Ich habe alles verstanden. Sie haben mein Herz angerührt. Ich will nach unten gehen und den Matrosen Nix um Verzeihung bitten. Ich habe gestern mit ihm geschimpft, weil er einen Eimer ins Wasser fallen ließ. Und ich gebe ihm Tabak, er hat seinen beim Kartenspiel verloren.«

Grey lachte über diese schnelle praktische Auslegung seiner Worte. Doch bevor er noch etwas sagen konnte, donnerte Panten schon die Treppe hinunter.

Grey blieb am Steuer stehen und schaute in die Segel. Er steuerte noch eine Weile am Ufer entlang, dann aber fuhr er in die offene See. Alle Unruhe war von ihm abgefallen. Er war sicher, daß er sein Ziel erreichen würde.

Gegen Mittag tauchte am Horizont Rauch aus dem Schornstein eines Kriegsschiffes aus Reval auf. Das Schiff änderte den Kurs und hielt auf die »Geheimnis« zu. Schließlich wurde das Signal gegeben: Beidrehen! »Brüderchen«, sagte Grey zu den Matrosen, »habt keine Angst, sie werden nicht schießen. Sie trauen ihren Augen nicht.« Er befahl, beizudrehen und das Schiff treiben zu lassen.

Der Steuermann brachte die »Geheimnis« aus dem Wind und schrie seine Kommandos. Von dem Kriegsschiff wurde ein Segelkutter ins Wasser gelassen, und ein paar Matrosen, geführt von einem Leutnant, kamen an Bord. Der Leutnant schaute sich staunend an Deck um und ging schließlich mit Grey in die Kajüte. Nach einer Stunde segelte er zum Kreuzer zurück, winkte mit der Hand und strahlte, als ob er befördert worden sei. Diesmal mußte Grey mit seiner Geschichte wohl größeren Erfolg gehabt haben als bei seinem Steuermann Panten, denn der Kreuzer feuerte aus allen Rohren eine Salve zum Abschied ab. Es war wie ein Feuerwerk, und lange Rauchfahnen wehten über das Wasser.

Es heißt, auf dem Kriegsschiff habe den ganzen Tag über eine festliche Stimmung geherrscht, ganz anders als sonst; und zwar überall, von den Mannschaftsräumen bis in die Offiziersmesse hinein.

Stundenlang segelte die »Geheimnis« über das weite Meer. Gegen Mittag kam ein Ufer in Sicht. Mit dem Fernrohr in der Hand starrte Grey auf Kaperna. Doch die Dächer des Ortes verwehrten ihm den Blick auf Assols Haus.

Assol saß in der Stube und las. Über die Buchseite kroch ein grünlicher Käfer und verharrte, stellte sich auf die Vorderbeine und wollte sich offenbar häuslich niederlassen. Schon zweimal hatte Assol ihn auf das Fensterbrett zurückgeschoben. Aber stets kehrte er zurück. Diesmal krabbelte er bis auf die Hand des Mädchens.

»Schon wieder dieser Käfer, der lästige Bursche«, sagte Assol und wollte ihn ins Gras blasen. Dabei fiel ihr Blick auf die schmale Stelle zwischen den Häusern, wo man das Meer sehen konnte. Dort aber schwebte ein weißes Schiff mit feuerroten Segeln.

Assol zuckte zusammen, lehnte sich weit vor, sprang schließlich auf. Das Herz schlug ihr wild bis in den Kopf. Die »Geheimnis« segelte gerade um das kleine Kap und hielt auf die linke Seite des Ufers zu. Eine leise Musik drang von den seidenen Segeln her. Es war ein Lied, das man in jener Gegend oft sang: »Schenkt ein, schenkt ein, trinken wir, Freunde, auf die Liebe.« Ohne lange nachzudenken, stürzte Assol aus dem Haus und rannte dem Meer zu. Immer wieder mußte sie außer Atem stehenbleiben. Bald verdeckte ein Dach, bald ein Zaun das feuerrote Segel. Dann lief sie doppelt so schnell vor lauter Angst, sie laufe einem Gespensterschiff nach. Aber jedesmal konnte sie erleichtert aufatmen: Das Schiff war wirklich da.

In Kaperna herrschte eine solche Aufregung, als wäre ein Erdbeben ausgebrochen. Noch niemals war ein so großes Schiff an das Ufer gekommen. Und dieses hatte dazu noch Segel, über die sie jahrelang gespottet hatten.

»Das feuerrote Segel!« schrien die Leute.

Die Menschen glaubten, den Verstand verloren zu haben. Männer, Frauen, Kinder, alles rannte Hals über Kopf an das Ufer. Sie schrien die Nachricht von einem Haus zum andern, stießen gegeneinander, einige fielen gar zu Boden.

An der Mole entstand ein großes Gedränge. Die Männer flüsterten Assols Namen, die Frauen brummten und zischten wie Schlangen.

Endlich erreichte Assol die Mole. Alle verstummten, und es bildete sich vor ihr eine Gasse bis dorthin, wo die Wellen auf den Sand liefen. Assol ging ans Ufer, fassungslos, glücklich. Ihr Gesicht war so rot wie die Segel ihres Wunders. Sie streckte dem Schiff die Hände entgegen.

Ein Boot löste sich und wurde herbeigerudert. In dem Boot stand ein Man. Es schien ihr, als hätte sie ihn von Kindheit an schon gekannt. Er lächelte ihr entgegen.

Plötzlich war es Assol klar, daß es kein Mißverständnis geben konnte. Sie schritt in das Wasser hinein, bis die Wellen ihr an den Gürtel reichten, und sie rief laut: »Hier bin ich, hier bin ich.«

Auf dem Schiff gab Zimmer mit seinem Geigenbogen ein Zeichen, und diesmal klang ein lauter, triumphierender Chor von Instrumenten über das Wasser.

Vor Erregung ganz wirr, geblendet vom Glanz der Wellen, schien es Assol, als ob sich alles um sie herum drehte. Sie stolperte und fiel. Schon plätscherten Wellen von einem Ruder neben ihr. Sie reckte den Kopf empor. Grey beugte sich nieder. Sie ergriff mit ihren Händen seinen Gürtel. Voller Schreck hatte sie die Augen zusammengepreßt. Als sie sie wieder öffnete, hatte Grey sie wie einen kostbaren Schatz aus dem Wasser gehoben.

»Hast du mich erkannt?« fragte er.

Sie nickte und hielt sich noch immer an seinem Gürtel fest. Das Glück schmiegte sich an sie wie ein Kätzchen. Alles kam ihr vor wie ein Traum. Das schaukelnde Boot, das riesige Schiff, in dessen Segel sich die Sonnenflecken spiegelten. Ohne zu zögern ließ sie sich von Grey an Bord heben.

Das Deck war über und über mit Teppichen behängt und sah in dem roten Geflimmer der Segel wie ein Paradiesgarten aus. Grey führte sie in seine Kajüte. Noch niemals hatte sie ein solch schönes Zimmer gesehen.

Die Musiker auf Deck spielten laut und feierlich. Noch einmal schloß Assol ihre Augen, immer noch ängstlich, daß alles verschwunden sein würde, wenn sie sie wieder öffnete. Grey nahm ihre Hand, und sie barg ihr Gesicht an seiner Brust.

»Ob du auch meinen Vater an Bord nehmen kannst?« fragte sie.

»Ja«, sagte er, hob ihr Kinn und küßte sie.

Inzwischen war ein altes Faß neben den Großmast an Deck gerollt worden. Letika hatte den Zapfen schon eingeschlagen. Atwud stand daneben, und Panten saß gerade aufgerichtet. Sein Gesicht glänzte.

Endlich kam Grey heraus und gab den Musikern ein Zeichen. Dann nahm er seine Mütze ab. Die Trompete schmetterte einen Tusch. Er ließ Wein in ein geschliffenes Glas laufen. In einem Zug trank er es aus und warf es über Bord. »Trinkt jetzt! Jeder, der mein Freund ist, soll trinken.«

Das brauchte er nicht zweimal zu sagen. Dann verließ die »Geheimnis« unter vollen Segeln die Ufer von Kaperna, und die Bewohner blieben verwirrt zurück.

Um das Faß herum gab es ein großes Gedränge.

»Wie hat dir der Wein geschmeckt?« fragte Grey später den Letika.

»Kapitän«, antwortete der Matrose, er suchte nach Worten. »Ich weiß nicht, ob ich der richtige Kerl für diesen Wein bin. Ich muß mir die Antwort überlegen. Aber wenn ich es bedenke, so war er wie ein Bienenstock und ein blühender Garten.«

»Was?« fragte Grey. »Wie soll ich das verstehen?«

»Nun, ich will sagen, es war, als hätte ich in meinem Mund einen Bienenstock und einen blühenden Garten zugleich gehabt. Sie sollen hochleben, Kapitän, und – die beste Ladung, die die ›Geheimnis‹ je getragen hat, soll glücklich werden.«

Am nächsten Tag hatte das Schiff Kaperna schon weit hinter sich gelassen. Die meisten Männer der Besatzung lagen, besiegt vom Wein, an Deck und schliefen.

Nur der Steuermann und Letika hielten sich noch auf den Beinen. Daneben saß, seine Violine ans Kinn gedrückt, nachdenklich und beschwipst der Musikant. Er bewegte nur leicht den Bogen, lockte zarte Töne aus den Saiten hervor und dachte nach über das Glück.

ArenaBücher. Das Leben erleben.

Willi Fährmann
Ein Platz für Katrin

Die anderen Kinder im Haus lassen Katrin nicht
gerne mitspielen. Und sie ärgern das Mädchen wegen
ihres Muttermals im Gesicht.
Aber dieses Muttermal ist gleichzeitig ein »Puppen-
stimmenhorchfleck«. Deshalb kann Katrin die
Puppen der anderen Kinder verstehen – und so
weiß sie immer neue Geschichten zu erzählen.
Außerdem ist sie eine liebevolle und geschickte
Puppendoktorin.
So hilft Katrin den Puppen, und die helfen ihr –
Katrin darf jetzt immer mitspielen.
Arena-Taschengeldbücher – Band 1315/Ab 8

Arena